시
인의
가슴을
물들인
만남

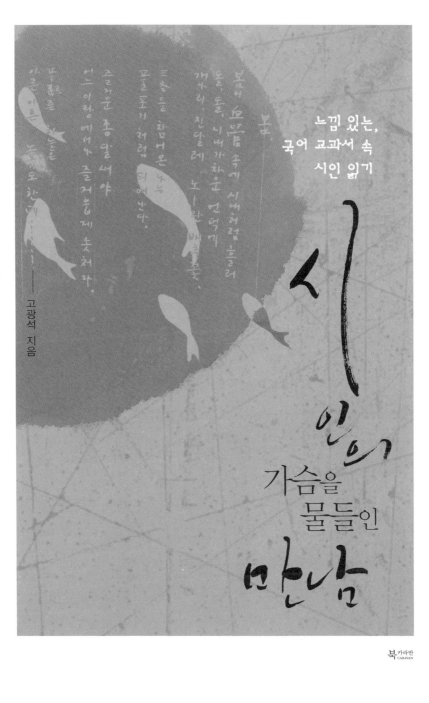

느낌 있는,
국어 교과서 속
시인 읽기

시인의
가슴을
물들인
만남

고광석 지음

북카라반
CARAVAN

고등학교 1학년 때 윤동주의 〈서시〉를 처음 읽던 순간 마음이 한껏 맑아지는 느낌이 들었습니다. 시를 읽으면서 마치 순결한 영혼에 감전된 것 같았기 때문입니다. 그 뒤로 며칠 동안 '죽는 날까지 하늘을 우러러 한 점 부끄럼이 없기를' 이 계속 머릿속을 맴돌았습니다. 별을 노래하는 마음으로 모든 죽어가는 것을 사랑하는 삶을 그려보며 가슴이 두근거렸습니다. 그때 비로소 '시'가 마음속 깊이 다가왔습니다.

1996년 5월에 천상병의 〈귀천〉을 읽다가 멈칫했습니다. 죽는 일을 아름다운 이 세상 소풍을 끝내고 하늘로 돌아간다고 표현했기 때문입니다. 죽음을 이토록 담담하게 받아들일 수 있다는 게 참으로 놀라웠습니다. 시인의 말은 제게 인생의 마지막을 아름답게 맞이하기 위해서 지금 있는 그대로의 자신을 마음껏 사랑하라는 소리처럼 들렸습니다. 시를 읽고 나서 '나 하늘로 돌아가리라. 아름다운 이 세상 소풍 끝내는 날, 가서, 아름다웠더라고 말하리라……' 의 말줄임표를 멋진 삶으로 채워 넣고 싶어졌습니다.

시는 사람의 마음을 잔잔하게 혹은 강렬하게 잡아끄는 힘이 있습니다. 사람들은 대개 국어 교과서를 통해 시를 만나게 됩니다. 그

4

런데 아무리 좋은 시도 시험을 치르기 위해서 배우고 나면 감흥을 느끼기 어렵습니다. 고등학교를 졸업하고 나면 오히려 시와 멀어지는 경우가 더 많습니다. 결국 감수성이 가장 풍부한 시기에 가슴에 짜릿하게 스며드는 시 한 편을 읽을 때의 흥분과 설렘을 수없이 놓쳐버리는 셈이지요.

그렇게 어른이 되고 난 다음에 세월이 흐를수록 시는 우리의 삶에서 점점 더 멀어져갑니다. 한 사람의 영혼이 시의 향기와 빛깔로 물들 수도 있다는 점을 생각해본다면 정말 안타까운 일이죠. 다행스럽게도 저는 중학교, 고등학교 학생들에게 국어를 가르치면서 교과서에 실려 있는 시와 그 시를 쓴 시인들의 삶을 새롭게 바라보게 되었습니다. 그런 과정에서 시인의 삶이 곧 시라는 것을 느끼게 되었습니다.

시인들이 가장 사랑하는 시인으로 꼽는 백석의 시와 삶은 그 어떤 영화나 드라마로도 제대로 담아낼 수 없을 만큼 매력적입니다. '문둥이 시인' 한하운의 삶은 제게 언제나 슬프고도 아름다운 사랑을 떠올리게 합니다. 사랑하는 사람을 위해서 자신의 모든 것을 바친 홍랑의 삶은 안도현 시인이 〈너에게 묻는다〉에서 얘기한 연탄보다 더 뜨거웠습니다. 조선 시대 최고의 명기였던 황진이의 삶과 시는 시대를 뛰어넘어 흠뻑 사랑받을 만큼 매혹적입니다. 천민 출신으로 종2품 벼슬에 올랐던 시인 유희경과 이별하고, 《홍길동전》의 저자 허균과 정신적으로 사랑을 나누었던 계랑은 매화꽃보다 더 아름다운 시를 썼습니다.

천상 시인 천상병은 우리에게 무욕의 삶으로 빚어낸 시 〈귀천〉을 선물하고 1993년 4월 28일에 하늘로 돌아갔습니다. 우리나라 최초의 연시조 〈강호사시가〉를 쓴 고불 맹사성은 나들이할 때 소에 올라타서 피리를 부는 정승이었습니다. 자신이 발견한 섬 보길도에서 여생을 마친 고산 윤선도는 사람과 자연, 우리말과 우리글을 뜨겁게 사랑한 시인이었습니다. 중국에서 최초의 한류 열풍을 불러일으켰던 허난설헌은 여자로서 조선에 태어난 한을 창작으로 승화시켰습니다. 다산 정약용은 실학사상을 예술적으로 형상화한 시인의 마음으로 정치를 하였습니다. 다산 탄생 250주년을 기념하는 강연에서 도올 김용옥은 "정약용은 오늘날로 말하면 철학자일 뿐만 아니라 세계 최고 수준의 위대한 수학자라고 생각한다."라고 평가했습니다.

화가가 되고 싶었던 도종환은 한 생애를 곧게 산 나무의 직선이 모여 가장 부드러운 자태로 앉아 있는 절집처럼 삶도 문학도 '부드러운 직선' 같기를 꿈꾸는 시인입니다. '꽃은 젖어도 빛깔은 지워지지 않는다'는 도종환 시인의 말을 들으면 왠지 지금껏 살아온 저의 삶을 소중하게 여겨야겠다는 마음이 듭니다. 그의 시 〈담쟁이〉를 읽으면, 나날의 일상에서 벽을 만났을 때, 담쟁이처럼 서로 연대하고 협력하여, 절망적인 환경을 아름다운 풍경으로 바꿀 수 있다는 믿음이 생깁니다. 〈단심가〉를 쓴 정몽주는 강직한 성품을 지닌 충신이면서 섬세하고 풍부한 감성을 지닌 시인이었습니다. 1960년대와 1970년대에 시인 김지하가 타는 목마름으로 남 몰래 쓰던 민주주의라는 이름은 그야말로 외로운 눈부심이었습니다. 인도에는 간디가 있었고, 조선에는 《임꺽정》의 저자 벽초 홍명희가 "7,000 승려를 합해도 만해 한 사람을 당하지 못한다. 만해 한 사람을 아는 것이 다른 사람 만 명을 아는 것보다 낫다."라고 평한 한용운이 있었습니다.

2011년 2월 13일 후쿠오카에서 열린 윤동주 시인의 추도식에서 〈쉽게 씌어진 시〉를 읽다가 눈물을 흘린 '윤동주의 시를 읽는 모임' 회원 요시오카 미호는 "제가 태어나기 전에 돌아가셨지만 일본인으로서 시인에게 늘 미안한 마음을 가지고 있습니다. 특히 〈쉽게 씌어진 시)를 읽을 때면 언제나 그의 고뇌가 느껴져 눈시울이 붉어집니다."라고 말했습니다. 저에게는 윤동주 시인의 삶뿐만 아니라 '윤동주의 시를 읽는 모임' 회원들의 모습도 한 편의 감동적인 시처럼 느껴졌습니다.

이 책은 제가 시를 가르치면서 삶이 바로 감동적인 시와 같다고 느꼈던 시인들과 그 시인들의 시 세계를 다루고 있습니다. 글을 쓰면서 많은 사람이 좋아하는 시인들의 참모습과 시의 참맛을 알게 되어 제가 먼저 즐겁고 행복했습니다.

제가 그랬던 것처럼 이 책을 읽는 사람들의 영혼이 시인의 향기와 시의 빛깔로 물들 수 있기를 바랍니다.

2013년 3월

고광석

Contents

I

시인의
사랑

Love

2

시인의
삶
Life

3
시인의
신념
Belief

I

시인의
사랑

Love

어느 사이에 나는 아내도 없고, 또,

아내와 같이 살던 집도 없어지고,

그리고 살뜰한 부모며 동생들과도 멀리 떨어져서,

그 어느 바람 세인 쓸쓸한 거리 끝에 헤매이었다.

● 〈남신의주 유동 박시봉방〉 중

🌿 외롭고 높고 쓸쓸한

김수환 추기경은 생전에 《무소유》를 읽은 뒤 "아무리 무소유를 말해도 이 책만큼은 소유하고 싶다."라고 말했다. 《무소유》의 저자 법정 스님은 2010년 3월 11일 서울 성북동 길상사에서 입적했다. 길상사는 최고급 요정 대원각이 있던 자리에 세운 절이다.

《무소유》를 읽고 법정 스님에게 천억 원대의 땅과 건물을 기증한 대원각 주인 김영한은 1916년 서울에서 태어났다. 그녀는 일찍 아버지를 여의고 할머니와 홀어머니 슬하에서 성장했다. 김영한은 개화사상을 지닌 어머니 덕분에 중학교까지 마칠 수 있었지만 당시에 불어닥친 광산 바람이 그녀의 행복을 앗아가버렸다. 금광 사업을 하는 할머니의 친척이 자금을 마련하기 위해 그녀의 집 재산을 몰래 빼돌리는 바람에 집안이 망해버린 것이다. 집안 형편이 어려워지자 김영한은 바느질로 가족의 생계를 꾸려가는 어머니의 부담을 덜어주려고 열여섯 살에 결혼을 한다. 그녀는 결혼한 지 채 6개월도 안되어 남편이 우물에 빠져 자살한 뒤 모진 시집살이를 견딜 수 없어 친정으로 돌아온다.

　김영한은 가난한 살림에 보탬이 되고자 열여섯 나이로 조선의 권번(일제 강점기에, 기생들의 조합을 이르던 말)에 들어가 기생이 된다. 조선 권번의 설립자인 금하 하일규는 희망하는 소녀들을 따로 모아서 가무를 가르쳤다. 그녀는 하일규에게 가곡, 궁중 가무를 배운다. 노래와 춤 솜씨가 뛰어났던 김영한은 파인 김동환이 발행하는 잡지 《삼천리》에 수필을 발표하며 '문학 기생'으로 주목받았다.

　김영한은 기생 생활을 할 때 신문지에 한글을 반복해서 쓰며 글씨 연습도 하고 시조를 외우기도 했다. 그런 행동이 소문이 나자 조선어학회 회원들이 일부러 찾아와서 글씨 쓰는 모습을 관심 있게 지켜보기도 하였다. 그중에 해관 신윤국이 그녀를 가상히 여겨 1935년에 일본 유학을 주선한다. 김영한은 신윤국의 후원으로 도쿄에서 공부하다가 조선어학회 회원들이 구속되었다는 소식을 듣고 귀국한다. 그녀는 신윤국이 수감되어 있는 함경남도 홍원의 형무소로 면회를 갔다. 그러나 면회할 수 없다는 말을 듣고 낙담한 그녀는 함흥에 머물러 살게 된다.

김영한은 어떻게 해서라도 면회할 기회를 잡기 위해 고심하다가 함흥 권번으로 들어간다. 기생이 되면 큰 연회에 참석한 함흥 법조계의 유력 인사를 만나서 특별 면회를 부탁할 수 있을지도 모른다는 기대 때문이었다. 하지만 일제는 신윤국이 민족주의자라는 이유로 면회를 일절 허락하지 않는다.

그 무렵에 김영한은 함흥 영생고보(영생고등보통학교) 교사들 회식 장소에 나갔다가 영어교사로 근무하고 있던 백석과 만난다.

백석은 1912년 7월 1일 평안북도 정주에서 태어났다. 1918년에 백석은 오산소학교에 입학했는데 오산학교는 민족주의적인 학교로 유명하였다. 1924년에는 오산소학교를 졸업하고 오산고보에 입학했다. 백석은 오산고보에 다닐 때 오산학교의 선배 시인인 김소월을 매우 선망했고, 문학에 깊은 관심이 있었으며 영어에 소질을 보였다.

1930년 1월에《조선일보》의 작품 공모에 단편소설〈그 모母와 아들〉이 당선되어 소설가로 문단에 등장한 백석은 3월에 일본의 명문 대학인 청산학원으로 유학을 가게 된다. 백석이 오산학교를 졸업하고 청산학원에 들어간 것에는 '오산이 일본을 청산할 것이다.' 라는 의미가 내포되어 있었다. 청산학원에서 백석은 전공인 영어뿐만 아니라 일본어, 프랑스어, 독일어, 러시아어에 뛰어난 재능을 발휘하여 수재로 소문이 났다. 성적이 워낙 우수해서 한 학기 수강을 면제받았다는 기록도 있다. 백석의 동창인 아사히 시로는 "청산학원을 졸업한 뒤에 가장 먼저 근황을 알고 싶었던 친구가 바로 백석이었으며, 그만큼 그는 강렬한 매력을 지닌 사람이었다."라고 회상했다. 또한 그가 외국 교수들과 영어로 유창하게 대화하는 모습은 일본 학생들에게 경외의 대상이었다고 한다. 백석은 1934년에 청산학원을 졸업하고 귀국하여 4월에《조선일보》에 입사하여 교정부에서 근무하였는데, 이 시기부터 시 창작 활동에 집중하게 된다.

백석은 1936년 1월 20일 시집《사슴》을 100부 한정판으로 발간하였다. 시집에는 1919년 3·1 운동 때 독립선언서에 서명한 민족대표를 상징하기 위해 시를 33편 수록하였다. 시집을 읽은 선배 시인 정지용은 "백석의 시는 우리 시단에 던진 폭탄이다."라고 평가했다.

신경림 시인은 백석의 첫 시집《사슴》이 준 감동을 이렇게 말했다.

"나는 아직도《사슴》을 처음 읽던 흥분을 잊지 못하고 있다. 실린 시는 40편이 못 되었지만 그 감동은 열 권의 장편소설을 읽은 것보다도 더 컸다. 저녁밥도 반 사발밖에 먹지 못했으며 밤도 꼬박 새웠다. 그 뒤《사슴》을 가방에 넣고 다니며 틈나는 대로 꺼내 읽곤 했으니, 실상 그것은 내가 시를 공부하는 데 교과서가 되었던 셈이다. …… 지금도 서슴없이 내 시의 스승으로 먼저 백석을 댄다."

시 전문 잡지《시인세계》가 2005년에 실시한 설문조사에서 시인들이 가장 큰 영향을 받은 시집으로 백석의 시집 《사슴》이 1위를 차지했다. 이어 김수영의 《거대한 뿌리》, 정지용의 《정지용 시집》, 이성복의 《뒹구는 돌은 언제 잠 깨는가》, 서정주의 《화사집》 순으로 '현대시 100년사 다섯 권의 시집'에 올랐다.

2011년에 《백석 평전》을 쓴 화가 김영진은 초등학교 5학년 때(1987년) 병에 걸려 오래 살지 못할 것이라는 의사의 이야기를 듣고 죽는 순간까지 오로지 미술에만 전념하기 위해서 자퇴했다. 이후에 거리의 화가가 되어 인사동에서 초상화를 그려 팔기도 했던 그는 청소년기부터 암환자였고 백혈병과 심장, 신장, 간, 뇌 발작 질환이 있었다.

극심한 병마에 시달리다가 병원에서 앞으로 한두 달밖에 살지 못한다고 선고하여 죽음을 준비하고 있던 김영진은 2005년 2월 우연히 백석의 시를 만나게 된다. 그는 늘 새로운 감정을 샘솟게 하는 백석시를 읽고 영감을 얻어 죽을 것이라는 생각을 아예 잊어버린 채 그림에 깊숙이 빠져들었다. 한국말이 얼마나 아름다운지를 처음 알게 해준 백석의 시와 삶을 만난 뒤 그의 건강도 기적적으로 좋아졌다.

비단 김영진뿐만 아니라 이중섭, 박수근, 김환기, 장욱진 같은 화가들을 비롯하여 많은 작사가와 시인들도 백석의 시에서 영향과 영감을 받았다. 그중에서 특히 백석의 오산고보 5년 후배인 이중섭은 시집 《사슴》을 읽은 후 화풍이 변하였다. 그는 1936년에 백석의 시 〈절간의 소 이야기〉를 접하고 본격적으로 소 그림을 그리기 시작했다. 당시에 도쿄 제국미술대학에 다니던 이중섭에게 소는 곧 고향이었고 조선 민족의 상징이었다.

백석의 친구였던 신중현은 그를 사슴 같은 시인으로 추억하고 있다. 백석이 잘생기고 귀티 나는 외모에 이백 원이 넘는(당시 일반인들의 양복 가격은 삼사십 원 정도였다) 연둣빛 더블버튼 양복을 입고 세종로를 걸을 때면 많은 여성의 시선을 한 몸에 받았다고 한다. 백석의 시집 발간에 도움을 주었던 김기림 시인도 "백석이 곱슬머리를 휘날리며 걸을 때면 거리가 절로 환해졌다."라고 했다.

백석의 시와 풍모, 인간 됨됨이를 흠모했던 시인 노천명은 백석을 위해 〈사슴〉이란 시를 지었다.

> 모가지가 길어서 슬픈 짐승이여
> 언제나 점잖은 편 말이 없구나
> 관이 향기로운 너는
> 무척 높은 족속이었나 보다

이 시에서 모가지가 길어서 슬픈 짐승, 언제나 점잖고 말이 없으며, 얼굴이 향기로운 사람은 시인 백석이다. 백석은 평소 말수가 적은 사람이었다. 그는 항상 상대를 존중했고 상대도 그렇게 대하기를 기대했다. 〈사슴〉은 백석의 고귀하고 귀족적인 모습과 품위를 잘 반영한 작품이다.

백석은 1936년 4월에 《조선일보》를 사직하고 함경남도 함흥 영생고보의 영어교사가 되었다. 영생고보의 학생들은 선생으로 부임한 백석이 지나갈 때마다 그 모습을 보려고 야단이었다. 영생고보 제7회 졸업생 김희모는 백석의 모습을 다음과 같이 기억하고 있다.

"백석을 처음 본 순간은 영원히 잊지 못할 장면이었다. 백석 선생의 모습은 우리에게는 가히 충격적이었다. 당시에 유행하는 '모던보이'의 모습으로 최고의 멋쟁이 그대로였다. 그의 옷차림은 두 줄의 단추가 가지런히 달린 당시 최첨단의 산뜻한 감색 더블이었다. 넥타이도 옆으로 비낀 줄무늬였고, 머리는 뒤로 넘긴 '올백' 형으로 한 폭의 그림 같은 모습이었다."

시인 백석은 왜 독특한 헤어스타일을 고집했던 것일까? 왜 비싼 양복을 입으면서 월급의 상당 부분을 외모를 꾸미는 데 지출했을까? 그것은 바로 개인적으로 멋을 내기 위해서가 아니라 민족의 정체성과 위상을 나타내기 위해서였다. 거만한 인상을 줄 수 있는 백석의 특유한 올백형 헤어스타일은 일본에서 유학하던 시절에 시작되었다. 청산학원에서 백석은 다른 여러 과목에서 우수한 성적을 거두었다. 하지만 일본어는 잘 알면서도 사용하지 않으려고 했으며 고고한 헤어스타일로 상대를 압도하려고 했다. 그 외모에는 일본에 대한 굽힘 없는 정신이 담겨 있는 것이다. 백석은 양복을 입고 멋을 내어 일본을 능가할 멋과 지성이 조선에도 있다는 것을 표현하려고 했다. 그는 의복에는 돈을 아끼지 않았지만, 다른 곳에는 돈을 아끼며 검소하게 생활했다.

"하늘 향해 두 팔 벌린 나무들같이"로 시작하는 〈어린이 노래〉는 시인이며 아동문학가인 강소천이 작사한 곡이다. 강소천은 영생고보를 다닐 때 스승을 더 보고 싶어 졸업을 미룰 정도로 백석을 흠모하였다. 백석은 노래하듯이 높이고 낮추는 방식으로 시 낭독을 하였다. 강소천은 백석의 시 낭송에 깊은 인상을 받았으며, 시를 음악으로 만드는 작업에 관심을 두게 되었다. 강소천은 백석 시인에게 영어와 문학의 깊이를 배웠으며, 백석의 모든 시를 줄줄 외울 만큼 백석을 존경하고 사랑했다. 백석 또한 강소천을 각별히 아끼고 사랑했다. 백석의 지도와 격려로 강소천은 시와 소설, 동시와 동요 들을 짓게 되었다. 강소천은 동시와 동요를 지으면서 스승 백석의 다음과 같은 말을 평생 마음에 새겼다.

"그 나라 말을 오래 보존하는 길은 오직 한 가지, 그 나라 문학을 높은 수준에 올리는 것이다. 또 하나 우리 나라말을 후세에 이어 가게 하는 방법은 좋은 아동문학 작품을 남기는 길이다."

강소천은 1941년에 동시집 《호박꽃 초롱》을 펴냈는데, 백석의 시집 《사슴》과 마찬가지로 동시 33편을 수록한다. 그는 청진 제일고급중학교 등에서 교편생활을 하다가 한국전쟁 때 월남하였다. 강소

천은 1963년에 사망할 때까지 북에 있는 스승을 늘 그리워했지만 남
북 분단으로 '백석'이라는 이름조차 언급할 수 없는 현실을 가슴 아
파했다. 그래서 그는 종종 자신이 만드는 동요에 백석의 시를 넣어
서 아이들에게 들려주었다.

백석을 존경하고 사랑한 제자로서 강소천은 스승의 은혜를 노
래로 만들었다.

스승의 은혜는 하늘 같아서
우러러볼수록 높아만 가네
참 되거라 바르거라 가르쳐 주신
스승은 마음의 어버이시다
아아 고마워라 스승의 사랑
아아 보답하리 스승의 은혜

1936년 늦가을, 백석은 영생고보의 교사가 이임하는 송별회 자
리에서 김영한을 만났다. 두 사람은 처음 보는 순간부터 서로에게
깊이 빠져들었다. 어느 날 백석은 김영한이 사들고 온 《당시선집唐詩
選集》을 뒤적이다가 이백의 시 〈자야오가子夜吳歌〉를 발견하고 그녀에
게 '자야'라는 아호를 지어준다. 김영한은 백석이 지어준 '자야'라
는 이름을 그 무엇보다도 진귀하고 소중한 선물로 여겼다. 〈자야오

가)는 진나라 여인 자야가 오랑캐를 물리치러 변경으로 떠난 낭군
을 기다리며 부르는 노래다.

> 장안長安도 한밤에 달은 밝은데
> 집집이 들리는 다듬이 소리 처량하구나
> 가을바람은 불어서 그치지를 않으니
> 이 모두가 옥관玉關의 정을 일깨우노나
> 언제쯤 오랑캐를 평정하고
> 원정 끝낸 그이가 돌아오실까

　　장안의 달은 휘영청 밝은데 이집 저집에서 다듬이질하는 소리
가 들려온다. 대부분 수자리(국경을 지키던 일) 살러 간 남편이 입을 겨울
옷을 준비하는 소리들이다. 자야의 남편도 멀리 옥관으로 원정을 갔
다. 자야는 전쟁터로 끌려간 남편이 돌아오기를 애타게 기다리면서
생이별을 서러워한다. 작품 속 자야의 사연은 훗날 백석과 김영한에
게 닥칠 운명을 미리 말해 주는 듯하다. 그녀는《내 사랑 백석》에서
그때의 일을 이렇게 회상하고 있다.

　　"아마도 당신은 두 사람의 처절한 숙명이 정해질 어떤 예감에서,
혹은 그 어떤 영감에서 이 '자야'라는 이름을 지어주셨던 것은 아닐
까."

겨울방학을 맞이하여 아버지가 계신 서울로 올라간 백석은 강제로 장가를 들게 된다. 자유결혼을 반대하는 부모님의 뜻을 꺾을 수 없었던 백석은 자야를 찾아와 "그래도 나는 색시 얼굴도 안 봤어!" 라고 말하며 이해를 구한다. 사랑하는 사람과 자유롭게 결혼할 수 없어서 괴로워하던 백석은 1937년에 자야에게 만주로 함께 가자고 제안한다. 자야는 자신이 백석의 삶에 흠집을 남기게 되지 않을까 염려하여 혼자 서울행 기차에 몸을 실었다. 서울에 꼭꼭 숨은 자야가 그리움과 외로움, 서러움에 울며불며 지낸 지 두서너 달쯤 되었을 때 백석이 그녀를 찾아온다. 자야와 함께 하룻밤을 지새운 백석은 학교에 출근하기 위해서 번개같이 함흥으로 되돌아갔다. 백석은 한마디 남기는 말도 없이 봉투 한 장을 떨어뜨리고 떠나면서 뒤를 돌아다보고 또 한참 가다가 다시 뒤를 돌아다보곤 하였다. 누런 미농지 봉투에는 백석이 친필로 쓴 시 〈나와 나타샤와 흰 당나귀〉가 들어 있었다.

가난한 내가

아름다운 나타샤를 사랑해서

오늘밤은 푹푹 눈이 나린다

나타샤를 사랑은 하고

눈은 푹푹 날리고

나는 혼자 쓸쓸히 앉아 소주를 마신다

소주를 마시며 생각한다

나타샤와 나는

눈이 푹푹 쌓이는 밤 흰 당나귀 타고

산골로 가자 출출이 우는 깊은 산골로 가 마가리에 살자

눈은 푹푹 나리고

나는 나타샤를 생각하고

나타샤가 아니 올 리 없다

언제 벌써 내 속에 고조곤히 와 이야기한다

산골로 가는 것은 세상한테 지는 것이 아니다

세상 같은 건 더러워 버리는 것이다

눈은 푹푹 나리고

아름다운 나타샤는 나를 사랑하고

어데서 흰 당나귀도 오늘밤이 좋아서 응앙응앙 울을 것이다

★ 백석, 〈나와 나타샤와 흰 당나귀〉

백석은 이 시에서 사랑을 이룰 수 없는 상황을 가난하다고 표현

하였다. 눈이 푹푹 나린다는 것은 이 세계가 나와 나타샤의 사랑을 가로막고 있다는 것을 뜻한다. 그러니 혼자 쓸쓸히 앉아 소주를 마실 수밖에 없다. 소주를 마시며 나는 눈이 푹푹 쌓이는 밤 나타샤와 함께 흰 당나귀를 타고 뱁새(출출이)가 우는 산골 오두막(마가리)으로 가서 살았으면 좋겠다고 생각한다.

순결한 영혼을 지키고 싶어 했던 백석은 사랑조차 이룰 수 없는 현실에 절망한다. 사랑을 이룰 방법은 낭만적인 상상으로 불우한 세계를 극복하는 것이다. 그래서 아름다운 나타샤는 나를 사랑하고, 순수함을 상징하는 흰 당나귀도 눈이 푹푹 쌓이는 오늘 밤이 좋아서 응앙응앙 우는 모습을 상상해보는 것이다. 그러나 현실적으로는 아무런 답을 찾을 수 없기에 이 시는 슬프면서도 아름답다.

백석이 서울에 왔다가 돌아간 지 스무 날쯤 되던 1938년 6월 어느 날이었다. 백석은 아무런 기별도 없이 느닷없이 자야를 찾아왔다. 영생고보 축구부 지도교사로서 조선학생축구연맹에서 주최하는 대회에 참가하기 위해 선수들을 인솔하여 서울에 온 것이다. 대회가 열리는 기간에 백석은 학생들을 여관에 투숙시켜놓고 자신은 자야의 청진동 집에서 묵었다. 학생들은 저녁이 되자 선생님이 안 계시는 좋은 기회를 놓치지 않고 번화한 서울 거리를 마냥 쏘다녔다. 결국 유흥장에 출입했다가 학생들의 풍기를 단속하는 교사들에게 적발되었다. 이 일로 백석은 문책을 받아 영생여고보로 옮겨간다. 여름방학이 되자 백석은 학교에 사표를 내고 사랑하는 자야 곁으로 돌아온다.

그때부터 두 사람은 청진동 뒷골목에 있는 자야의 집에서 동거를 시작한다. 얼마 후 백석은 옛날에 다니던《조선일보》에 다시 입사했다. 그런데 1938년 12월 24일, 신문사에 출근한 백석이 귀가하지 않자 자야는 심상치 않은 육감에 사로잡힌다. 1939년 1월 초 밤늦게 자야를 찾아온 백석의 친구는 놀라운 얘기를 들려준다. 백석이 바로 두 번째 장가를 들었다는 것이다. 그 친구는 백석이 자야에게 면목이 없어 집에 못 들어가겠으니 같이 가달라고 부탁했다는 말을 전하고 돌아간다.

자야는 백석이 참을 수 없이 야속하고 원망스러웠다. 밤이 이슥해서야 집에 들어선 백석은 한참 동안 숨을 죽이고 뜨거운 한숨만 푹푹 몰아쉬었다. 이윽고 백석은 차분히 음성을 가다듬고, 조용하고도 신중한 어조로 말했다. "나 말이야. 나, 변한 건 아무것도 없어! 이제부턴 무슨 일이 있어도 나는 영원히 당신 곁을 안 떠날 거야! 당신만은 내 말을 믿어야 해!" 백석은 말을 마치고 긴 한숨을 내뿜었다. 자포자기했던 자야의 마음이 한결 가벼워졌다. 다시 쌓이는 정은 날이 가고 달이 갈수록 새롭기만 했다. 그래도 자야는 불안한 심정을 가눌 길이 없었다.

백석의 부모는 아들이 장가를 들고도 집에 들어오지 않자 자야에게 사람을 보냈다. 당장 아들을 집으로 돌려보내라는 전갈을 받은 자야는 훌쩍 사라질 결심을 한다. 백석이 신문사 일로 일주일 동안 출장을 떠났을 때 자야는 서둘러 이사를 했다.

그렇게 자야와 헤어져 있던 1939년 5월 중순에 백석은 부모의 강요로 세 번째 결혼을 한다. 백석은 세 번씩이나 첫날밤을 보내면서도 색시의 손조차 잡지 않고, 잔뜩 새우등을 하고 긴 밤을 보냈다. 자신의 마음에 들지 않는 혼인은 결코 받아들일 수 없었던 것이다. 또다시 자야를 찾아온 백석은 침통한 표정으로 만주에 가기로 했다고 선언한다. 자야는 이 말을 듣는 순간 가슴 깊이 쌓였던 서러움에 눈물이 왈칵 터져 소리를 내어 엉엉 울어버렸다. 백석 역시 눈물을 머금어 떨리는 목소리로, "진작 떠나버렸을 것을……. 당신을 아니 만나보고 나 혼자 불쑥 차마 떠날 수가 없었어……." 하며 더 이상 말을 이어가지 못했다. 백석이 만주로 혼자 떠나려는 결심을 굳히게 된 것은 복잡한 가정사와 봉건적인 관습 때문이었다. 백석은 그것들로부터 아주 떠나고 싶었던 것이다. 자야는 만주로 따라가고 싶었지만 백석과 부모님의 불화에 불씨를 남기게 될까봐 동행을 거절한다.

백석이 떠나간 뒤에 자야는 그 자리에 앉은 채로 무릎에 얼굴을 묻고 하염없이 울고 또 울었다. 자야의 가슴은 미어터질 것 같았다. 자야는 백석을 떠나보내면서 몇 해가 지나면 상황도 달라지고, 백석 부모님의 노여움도 풀려서 다시 만날 수 있으리라고 기대했다. 하지만 이것이 두 사람의 영원한 이별이 되고 말았다.

백석은 1939년 말에 친구 허준과 정현웅에게 "만주라는 넓은 벌판에 가 시 백 편을 가지고 오리라."는 다짐을 하고 만주로 향했다. 1940년 3월부터는 만주국 국무원 경제부에서 6개월가량 근무하다가 창씨개명을 하라는 일본인 상급자의 요구를 거부하고 사직한다. 1941년에는 생계유지를 위해 측량 보조원, 측량 서기, 중국인 토지의 소작인 생활까지 하였으며, 1942년에는 만주의 안동에서 세관 업무에 종사하였다.

백석은 만주에서 생활하던 1941년에 〈흰 바람벽이 있어〉를 발표한다.

오늘 저녁 이 좁다란 방의 흰 바람벽에

어쩐지 쓸쓸한 것만이 오고 간다

이 흰 바람벽에

희미한 십오 촉 전등이 지치운 불빛을 내어던지고

때글은 다 낡은 무명샤쯔가 어두운 그림자를 쉬이고

그리고 또 달디단 따끈한 감주나 한 잔 먹고 싶다고 생각하는 내 가

지가지 외로운 생각이 헤매인다

그런데 이것은 또 어인 일인가

이 흰 바람벽에

내 가난한 늙은 어머니가 있다

내 가난한 늙은 어머니가

이렇게 시퍼러둥둥하니 추운 날인데 차디찬 물에 손은 담그고 무이

며 배추를 씻고 있다

또 내 사랑하는 사람이 있다

내 사랑하는 어여쁜 사람이

어느 먼 앞대 조용한 개포가의 나즈막한 집에서

그의 지아비와 마주 앉어 대구국을 끓여 놓고 저녁을 먹는다

벌써 어린것도 생겨서 옆에 끼고 저녁을 먹는다

그런데 또 이즈막하야 어느 사이엔가

이 흰 바람벽엔

내 쓸쓸한 얼굴을 쳐다보며

이러한 글자들이 지나간다

— 나는 이 세상에서 가난하고 외롭고 높고 쓸쓸하니 살아가도록

　태어났다

　　그리고 이 세상을 살아가는데

　　내 가슴은 너무도 많이 뜨거운 것으로 호젓한 것으로 사랑으로

　슬픔으로 가득 찬다

그리고 이번에는 나를 위로하는 듯이 나를 울력하는 듯이

눈질을 하며 주먹질을 하며 이런 글자들이 지나간다

— 하늘이 이 세상을 내일 적에 그가 가장 귀해 하고 사랑하는 것들
은 모두

가난하고 외롭고 높고 쓸쓸하니 그리고 언제나 넘치는 사랑과
슬픔 속에 살도록 만드신 것이다

초생달과 바구지꽃과 짝새와 당나귀가 그러하듯이

그리고 또 '프랑시쓰 쨈' 과 도연명과 '라이넬 마리아 릴케' 가 그
러하듯이

★ 백석, 〈흰 바람벽이 있어〉

"백석이 남겨 놓은 시편은 한국에 시가 존재하는 한 영원한 감
동으로 남을 것" 이라고 평한 우대식은 《선생님과 함께 읽는 백석》에
서 〈흰 바람벽이 있어〉를 다음과 같이 해설하고 있다.

"저녁에 혼자 누워 흰 벽을 바라보는 시적 화자의 마음은 쓸쓸
하다. 십오 촉의 어두운 전등 아래 때가 낀 무명 셔츠를 입은 채 누워
따끈한 감주 한 잔을 먹고 싶다는 생각을 한다. 백석에게 음식은 고
향과 같은 의미를 지닌다. 고향의 음식을 생각하며 더 쓸쓸한 상념
에 사로잡힌다.

점차 그리움이 구체적인 환영을 만들어낸다. 흰 벽에는 김장을
하는 정겨운 어머니가 영상처럼 떠오른다. 뒤이어 사랑하는 여인의
영상이 떠오른다. 그러나 여인은 이미 다른 사람과 결혼하여 대굿국

을 끓여 저녁을 먹는다. 그 옆에는 두 사람 사이에서 난 아이가 있다. 쓸쓸함이 더할 무렵 흰 벽에는 영상이 아닌 글자가 나타난다. '— 나는 이 세상에서 가난하고 외롭고 높고 쓸쓸하니 살아가도록 태어났다.' 이 구절은 운명처럼 자신을 불우한 삶으로 이끌었던 백석의 자기 위로라고 볼 수 있다. 탁월한 감성을 지녔던 시인이었기에 그의 가슴은 정열과 쓸쓸함 그리고 사랑과 슬픔으로 가득 찼을 법하다. 그럴 때 또 다른 문자가 영상으로 떠오른다. 하늘이 가장 귀하게 생각하는 것은 가난하고 외롭고 높고 쓸쓸하게 그리고 사랑과 슬픔 속에 살도록 만들었다는 것이다. …… 백석이 지향했던 세계는 고고한 정신세계라고 할 수 있다. 그의 고고한 정신세계가 가장 절정으로 드러나는 것이 위의 시이다."●

한편 이 시의 마지막 부분은 윤동주에게 영향을 주어 그의 〈별 헤는 밤〉 속에 "어머님, 나는 별 하나에 아름다운 말 한마디씩 불러 봅니다. 소학교 때 책상을 같이 했던 아이들의 이름과, 패佩, 경鏡, 옥玉 이런 이국 소녀들의 이름과, 벌써 아기 어머니 된 계집애들의 이름과, 가난한 이웃 사람들의 이름과, 비둘기, 강아지, 토끼, 노새, 노루, 프랑시스 잠, 라이너 마리아 릴케, 이런 시인의 이름을 불러 봅니다." 와 같은 구절을 낳게 하였다.

● 우대식, 《선생님과 함께 읽는 백석》, 실천문학사, 2009.

만주에서 활발히 창작 활동을 하던 백석은 1944년 일제의 강제
노역을 피하고자 두메산골 광산에서 일한다. 백석은 1945년 해방이
되자 귀국하여 신의주에서 잠시 거주하다 고향 정주로 돌아왔다.
1948년에 백석은 남한에서 마지막으로 〈남신의주 유동 박시봉방〉
을 발표한다. 문학평론가 김현은 〈남신의주 유동 박시봉방〉을 "한
국 시가 낳은 가장 아름다운 시 중의 하나"라고 격찬했다.

어느 사이에 나는 아내도 없고, 또,

아내와 같이 살던 집도 없어지고,

그리고 살뜰한 부모며 동생들과도 멀리 떨어져서,

그 어느 바람 세인 쓸쓸한 거리 끝에 헤매이었다.

바로 날도 저물어서

바람은 더욱 세게 불고, 추위는 점점 더해 오는데,

나는 어느 목수네 집 헌 삿을 깐,

한 방에 들어서 쥔을 붙이었다.

이리하여 나는 이 습내 나는 춥고, 누긋한 방에서,

낮이나 밤이나 나는 나 혼자도 너무 많은 것같이 생각하며,

딜웅배기에 북덕불이라도 담겨오면,

이것을 안고 손을 쬐며 재 우에 뜻 없이 글자를 쓰기도 하며,

또 문밖에 나가지두 않구 자리에 누워서,

머리에 손깍지베개를 하고 굴기도 하면서,

나는 내 슬픔이며 어리석음이며를 소처럼 연하여 쌔김질하는 것이었다.

내 가슴이 꽉 메어올 적이며,

내 눈에 뜨거운 것이 핑 괴일 적이며,

또 내 스스로 화끈 낯이 붉도록 부끄러울 적이며,

나는 내 슬픔과 어리석음에 눌리어 죽을 수밖에 없는 것을 느끼는 것이었다.

그러나 잠시 뒤에 나는 고개를 들어,

허연 문창을 바라보든가 또 눈을 떠서 높은 천장을 쳐다보는 것인데,

이때 나는 내 뜻이며 힘으로, 나를 이끌어가는 것이 힘든 일인 것을 생각하고,

이것들보다 더 크고, 높은 것이 있어서, 나를 마음대로 굴려가는 것을 생각하는 것인데,

이렇게 하여 여러 날이 지나는 동안에,

내 어지러운 마음에는 슬픔이며, 한탄이며, 가라앉을 것은 차츰 앙금이 되어 가라앉고,

외로운 생각만이 드는 때쯤 해서는,

더러 나줏손에 쌀랑쌀랑 싸락눈이 와서 문창을 치기도 하는 때도 있는데,

나는 이런 저녁에는 화로를 더욱 다가 끼며, 무릎을 꿇어 보며,

어느 먼 산 뒷옆에 바우 섶에 따로 외로이 서서,

어두워 오는데 하이야니 눈을 맞을, 그 마른 잎새에는,

쌀랑쌀랑 소리도 나며 눈을 맞을,

그 드물다는 굳고 정한 갈매나무라는 나무를 생각하는 것이었다.

★ 백석, 〈남신의주 유동 박시봉방〉

겨울 저녁, 한 사내가 무언가 골똘히 생각하며 앉아 있다. 방바닥에는 갈대를 엮어서 만든 자리가 깔렸지만 방 안엔 차가운 기운이 흐른다. 진흙을 발라 만든 벽에선 간혹 바람이 지나가는 소리가 들리기도 하고 창문은 덜컹덜컹 소리를 내기도 한다. 사내는 흙으로 빚은 화로를 끼고 앉아 추위를 견딘다. 이따금 질화로의 불에 손을 쬐며 재 위에 뜻 없이 글자를 썼다가 지워보곤 한다.

사내는 또 문밖에 나가지도 않고 화로 옆자리에 누워본다. 짚방석을 타고 냉기와 함께 슬픔이 솟아오른다. 눈가에 눈물이 맺힐 때 고개를 들어 천장을 쳐다보다가 불현듯 내 뜻이며 힘보다 더 크고 높은 것이 있어서 나를 마음대로 굴려가는 것은 아닐까 생각해본다. 이렇게 하여 여러 날이 지나는 동안에, 슬픔이며 한탄이며, 어지러운 마음은 차츰 앙금이 되어 가라앉는다. 저녁 무렵 싸락눈이 쌀랑쌀랑 창문을 칠 때 시인은, 어두워오는데 바위 옆에 외로이 서서 하얀 눈

을 맞을, 굳고 정한 갈매나무를 떠올린다. 시인은 주어진 시련과 고 난이 어떠하든 간에 고고하게 서 있는 갈매나무처럼 자신의 고통을 담담하게 받아들이겠다고 다짐해본다.

백석은 남신의주 유동이라는 곳에서 목수 박시봉의 집에 세 들 어 산 적이 있다. 해방 직후 북쪽에 있던 백석이 이 시를 써서 남쪽에 있던 친구 허준에게 편지로 보냈는데 발신인 주소가 바로 '남신의주 유동 박시봉방'이었다. 원래 이 시는 제목이 없었는데 문학잡지 《학 풍》 창간호에 실을 때 편지의 겉봉투에 적혀 있던 집 주소를 제목으 로 삼은 것이다.

해방 후 백석 시인이 북에 남아 있게 되면서 그의 이름을 언급하 는 것조차 위험한 일이 되어버렸다. 남한에서는 한동안 해금이 되지 않아 백석의 시를 읽거나 소유하는 것이 허락되지 않았다.

1987년 10월에 백석의 시를 오래전부터 남달리 아끼고 사랑해온 이동순이 《백석 시 전집》을 펴냈다. 백석의 시 전집이 발간되었다는 신문기사를 본 김영한은 이동순에게 전화를 한다. 이동순을 만난 김 영한은 20대 초반, 어여쁘던 처녀 시절에 함경도 함흥에서 시인 백석 과 만나 뜨거운 사랑에 빠지게 되었고, 이후 서울 청진동의 작은 집 에서 혼례를 치르지 않은 부부로서 산 적이 있다고 말했다. 김영한 은 이동순의 권유로 1995년에 《내 사랑 백석》을 출간하였다.

김영한은 1951년에 서울 성북동의 배밭골을 사들여 한식당으로

운영하다가 1962년에 대원각으로 개조했다. 대원각은 삼청각, 청운각과 더불어 1960~70년대 밀실 정치가 펼쳐진 국내 3대 요정 중 하나였다. 최고급 요정 대원각은 국내 유명 정치인들뿐만 아니라 일본 총리들도 드나들던 곳이었다.

김영한은 《무소유》를 읽고 크게 감명받아 1987년 미국에 체류할 당시 로스앤젤레스에 들른 법정 스님에게 대원각을 시주하겠으니 절로 만들어달라고 요청했다. 그러나 무소유의 삶을 몸소 실천하는 법정 스님은 이를 쉽게 받아들이지 않았다. 그녀는 8년에 걸쳐 끈질기게 청한 끝에 1995년 땅이 7천 평, 건물이 40동으로 시가 1,000억 원에 해당하는 대원각을 법정 스님에게 맡겼다. 드디어 1996년 12월 14일 길상사가 개원하였다. 길상사의 개원 법회가 열리던 날, 김수환 추기경도 직접 법정 스님을 찾아와 축하해주었다.

1933년 일본에서 유학할 때 백석의 거주지는 도쿄 길상사 1875번지였다. 백석의 하숙집이었던 길상사를 기억하고 있던 김영한은 대원각을 법정 스님에게 기증하면서 이름을 길상사로 짓게 된다. 1999년 11월 14일 세상을 떠난 그녀의 유골은 유언대로 첫눈 내리는 날 길상사 경내에 뿌려졌다.

백석을 가슴속에 지워지지 않는 이름으로 간직하며 살던 김영한은 1997년 창작과비평사에 2억 원을 기부하여 백석문학상을 제정한다. 죽기 열흘 전 자야 김영한은 "그 사람 어디가 그렇게 좋았어요?'라는 기자의 질문에 "1,000억이 그 사람의 시 한 줄만 못해."라고 대답했다. 생전에 김영한은 백석의 생일인 7월 1일이 되면 하루동안 음식을 입에 대지 않았다. 사랑하는 연인 백석에 대한 그리움과 미안함을 그렇게라도 표현하고 싶었던 것이다. 노년의 자야는 백석의 시를 조용히 읽는 게 생의 가장 큰 기쁨이었다. 자야가 죽는 순간까지 그리워했던 백석은 외롭고 높고 쓸쓸한 삶을 살다가 1996년 1월 7일 85세의 나이로 세상을 떠났다. 하늘이 이 세상을 내일 적에 가장 귀해하고 사랑하는 것들은 모두 가난하고 외롭고 높고 쓸쓸하니 그리고 언제나 넘치는 사랑과 슬픔 속에 살게 하신 것이다.

가도 가도 붉은 황톳길

숨 막히는 더위뿐이더라

낯선 친구 만나면

우리들 문둥이끼리 반갑다

● 〈전라도길〉 중

🌿 푸른 하늘 푸른 들을
울어 예는 파랑새 되리

2009년 12월 17일에 열린 '한미 자랑스러운 의사상' 시상식에서 이태석 신부는 다음과 같이 수상 소감을 밝혔다.

"저는 전문의도 아니고 그렇다고 남들처럼 특별한 백신을 개발한 것도 아니고, 단지 내세울 것 없는 자그마한 의술로 병원이 없는 곳에서 원주민들과 몇 년 살았을 뿐인데……. 제 것도 아닌 상을 몰래 훔쳐가는 느낌에 죄책감마저 듭니다.

…… 저는 진료하기 전 1~2분은 환자의 눈만 바라보는 습관이 있습니다. 의사와 환자의 만남 이전에 인간과 인간이 만나는 진실한 순간이기 때문입니다. 질병 치료를 위한 단순한 만남이 아닌, 고귀

한 영혼과 영혼의 만남으로 승화시키는 의사가 되시길 바랍니다."

이태석 신부는 "지극히 보잘것없는 자에게 한 것이 곧 나에게 한 것이고, 지극히 보잘것없는 자에게 하지 않은 것이 곧 나에게 하지 않은 것이다."라는 예수님 말씀을 그대로 실천했다. 수단의 톤즈에 있는 한센인(나병 환자) 마을은 이태석 신부가 틈만 나면 들르던 곳이었다. 이태석 신부가 찾기 전까지 그들은 자신의 병이 무엇인지도 모르고 죽어갔다. 이태석 신부는 한센인들에게 집도 지어주고 병의 진행을 막는 치료제도 구해주었다. 그는 한센인들의 이야기를 들어주는 유일한 외부 사람이기도 했다.

이태석 신부가 고름을 짜고 붕대를 감아주었지만 맨발로 다니는 한센인들의 발은 늘 상처투성이였다. 상처 부위는 제때 치료를 받지 못하면 썩어서 잘라내야 한다. 이태석 신부는 그들의 발에 꼭 맞는 신발을 만들기 위해 한 사람씩 도화지에 발을 올려놓고 발 모양을 직접 그렸다. 그 그림을 케냐 나이로비에 보내 잘 닳지 않도록 가죽으로 샌들을 만들었다. 한센인들에게 세상에서 하나뿐인 자신만의 신발이 생긴 것이다.

'문둥이 시인'으로 유명한 한하운이 나병 환자들은 가장 비참한 모습으로 세상에 오신 하느님이라는 이태석 신부의 말을 들었다면 슬픔이 기쁨으로 승화되는 눈물을 흘리지 않았을까?

한하운은 1919년 함경남도 함주에서 2남 3녀의 장남으로 태어났다. 그는 네 살 때부터 양복을 입고 자라났는데, 이는 매우 부유한 집이 아니고서는 좀처럼 있을 수 없는 일이었다. 1926년에 함흥 제일 공립보통학교에 입학한 한하운은 내내 우등생이었고 음악과 미술에 뛰어났다.

한하운은 1931년 봄에 몸이 무거워지고 얼굴이 붓기 시작했다. 의사가 나병인 줄 모르고 온천 요양을 하면 낫는다고 하여 여름방학 때 금강산에 가서 온천욕을 하였다. 증세가 나아져 집으로 돌아온 한하운은 중학교 입학시험을 준비하였다. 이듬해 함경남도에서 수험생 열아홉 명이 전라남도 이리 농림학교에 응시하였는데 유일한 합격생이 한하운이었다. 한하운은 1학년 때부터 육상경기부에 가입하여 장거리 선수로 활약하다가 공부를 소홀히 한다는 부모의 꾸지람 때문에 3학년 때 운동을 단념하였다. 하지만 상급 학교 수험 공부 대신 원고지에 시나 소설을 습작하던 그해 겨울에 한하운은 누이동생의 친구 R과 사귀게 된다. 한하운은 자서전에서 R을 하얀 목련같이 맑고 소소한 여학생이라고 소개하고 있다.

이리 농림학교 5학년 때인 1936년 봄, 한하운은 팔다리에 심한 신경통이 생겨 밤잠을 잘 수가 없었고 몸 전체에 궤양이 끝없이 퍼져 나갔다. 그를 진찰한 경성대부속병원(지금의 서울대부속병원) 의사는 나병이니 소록도에 가서 치료를 받으면 낫는다고 하면서 걱정할 것 없다고 말하였다. 한하운은 의사의 말을 부정하고 싶었지만 정말 나병이라면 R을 어떡할 것인가 하는 생각에 눈앞이 캄캄했다.

　며칠 뒤에 다시 담당 의사에게 진찰을 받았는데 오른쪽 손목 부위를 칼로 찔러도 전혀 아프지 않았다. 한하운은 나병 진단을 받고 금강산으로 요양하러 떠났다. 금강산에서 온천을 다니며 나병에 효과가 있다는 약을 사서 한 달 남짓 주사를 놓자 궤양이 사라졌다.

　병을 치료하기 위해 계속 금강산에 머물러 있던 한하운에게 R이 찾아왔다. 한하운은 R에게 나병에 걸렸다고 고백했다. 한하운이 R의 행복을 위해 깨끗이 이별해야 한다고 말하자 R은 자기가 그리워하고 사랑할 수 있는 사람, 또 사랑해줄 수 있는 사람하고 살아가는 것이 무엇보다도 참되고 행복한 삶이 아니냐고 되물었다. 한하운은 R에게 함흥으로 돌아가기를 권했지만 R은 여름방학 동안 병시중을 하겠다며 돌아가지 않았다.

　한 달 뒤 개학을 앞두고 R과 헤어진 한하운은 다음 해에 농림학교를 졸업하고 일본에 건너가서 도쿄의 성계고등학교에 입학했다. 한하운이 고등학교 2학년 때 R은 Y여고보(여자고등보통학교)를 졸업하고 도쿄로 한하운을 찾아왔다. 그녀는 도쿄 T여전(여자전문대학) 가사과에 입학했다. 그런데 도쿄에서 R과 일 년쯤 있었을 때 한하운의 몸에 또 이상이 생겼다. 완치된 줄 알았던 나병이 재발하자 한하운은 공포감과 절망감에 허둥거리며 귀국했다. 그는 도쿄를 떠나면서 R에게 병이 재발했다는 편지를 보냈다.

한하운은 고향에 들렀다가 또다시 도피하듯이 금강산으로 갔다. 그곳에 머무는 동안 한하운은 죽음같이 사무쳐오는 고독과 슬픔 속에서 R을 그리워한다. 그가 금강산에서 요양 생활을 시작한 지 6개월가량 지난 1939년 어느 여름날 R이 한하운을 찾아왔다. R이 떠난 뒤 한하운은 그녀와 헤어질 결심을 한다.

한하운은 1939년 10월에 베이징으로 가서 열 달 동안 중국어 공부를 하고 베이징 대학 입학시험을 치렀다. 1941년에 베이징 대학 농학원 축목과에 입학한 한하운은 그곳에서 협화의과대학에 다니는 동포 여성 S를 만나게 된다. S는 한하운에게 고향으로 가지 말고 베이징에서 함께 살자고 요청한다. 그 무렵 한하운은 나병이 재발하여 요동의 온천으로 가서 치료하다가 여순에서 6개월간 하숙 생활을 한다.

병세가 매우 좋아져 베이징으로 돌아온 한하운은 S를 찾아갔다. 한하운은 1943년에 베이징 대학을 졸업한 뒤에도 S의 부탁대로 베이징에 계속 머물기 위하여 대학원 진학을 결정한다. S의 사랑을 받아들인 한하운은 그녀에게 자신이 나병 환자라고 고백하였다. 처음엔 헤어질 구실을 대는 거라며 믿지 않던 S는 끝내 "참 보람 있고 아름다운 사랑이었다."라고 말하면서 소리를 높여 슬피 울었다. S는 사랑을 후회하지도 않고 또 원망도 하지 않는다고 했다.

그 다음 날 S는 한하운을 찾아왔다. 중국 돈 300원과 자기의 금반지를 내밀면서 돈은 병 치료에 쓰고 금반지는 기념으로 언제까지

나 간직하여달라고 했다. S는 자기가 보고 싶을 때에는 반지를 보며
눈물을 흘려주고 영원히 행복하기를 빈다는 말을 남겨놓고 홀연히
사라져버렸다. 며칠 후 S는 독약을 마시고 스스로 목숨을 끊었다.

한하운은 S가 죽은 뒤 발길 닿는 대로 헤매고 다니다가 고향 땅
함흥으로 돌아갔다. R은 도쿄에서 T여전을 졸업하고 고향에 돌아와
있었다. R은 한하운이 왔다는 소식을 듣고 찾아와서 결혼을 재촉하
였다. 한하운은 R을 행복하게 해줄 수 있는 사람은 자신이 아니라며
청혼을 거절하였다.

한하운은 1944년에 함경남도 도청 축산과에 취직하고 나서 경기
도 용인으로 전근을 갔다가 1945년에 나병이 악화되어 고향 집으로
돌아왔다. 팔, 다리, 얼굴 할 것 없이 나병 증상이 뚜렷해진 한하운은
사람들의 눈이 무서워서 밝은 낮에는 집에 들어갈 수가 없었다. 사
람이 안 다니는 냇가에서 온종일 굶으며 밤이 오기를 기다렸다. 모
든 것을 가려주는 밤이 오자 한하운은 자유와 이상과 동경의 세계를
염원하는 시 〈파랑새〉를 읊으며 인간의 행복을 빌었다.

나는

나는

죽어서

파랑새 되어

푸른 하늘

푸른 들

날아다니며

푸른 노래

푸른 울음

울어 예으리

나는

나는

죽어서

파랑새 되리

★ 한하운, 〈파랑새〉

이 시에서 파랑새는 고통스러운 현실에서 벗어나 자유롭게 비상하는 존재를 상징한다. 시적 화자는 푸른 하늘과 푸른 들을 마음껏 날아다니는 삶을 살고 싶어 한다. 이 시는 '파랑새', '푸른 하늘', '푸른 들' 과 같은 표현에서 볼 수 있듯이 푸른빛의 이미지로 가득하다. 화자는 부자유스러운 현실에서 느꼈던 슬픔과 한을 벗어버리고 드넓은 공간을 넘나들며 자유와 기쁨을 노래하고 싶은 희망을 푸른

빛의 이미지로 표현한 것이다.

한하운이 병들었다는 사실을 아는 사람은 집안 식구들과 식모, R과 죽은 S뿐이었다. 사람이 집에 찾아오면 한하운은 컴컴한 벽장에 들어가 손님이 가기 전까지는 하루고 이틀이고 온종일 숨어 있어야 했다. 어떤 날은 자신의 처지가 너무나 처절하고 가엾어서 울다가 잠이 들면 손님이 간 후에 어머니가 벽장문을 열어 한하운을 불렀다. 대답이 없으면 쭈그리고 자는 한하운을 깨우고는 어머니도 울고 한하운도 울곤 하였다.

이 당시 태평양전쟁이 점점 일본에 불리해져가면서 한하운은 나병 치료제를 좀처럼 구할 수가 없었다. 전쟁으로 모든 물자가 부족해졌고 약방 대부분이 문을 닫았기 때문이다. 약을 쓰지 못하자 온몸에 궤양이 퍼져 고름이 샘물같이 흘러나오고 고름과 살이 썩는 냄새가 지독하였다. 한하운이 죽음과도 같은 고통에 시달리는 동안 R은 서울의 약방과 병원을 모조리 찾아다니며 약을 구해 왔다. 한하운은 기쁨의 눈물을 흘리면서 R의 손을 잡았다.

1945년 8월 15일 해방을 맞이한 뒤에 이북 지역에는 소련군이 진주하였다. 소련 군정이 시행되면서 함흥의 지주였던 한하운의 집안은 재산을 몰수당하고 빈민의 처지로 전락했다. 그때부터 한하운의 남동생은 김일성 정권을 타도하려는 계획을 세우고 집 창고에 무기와 탄약을 숨겨두었다. 한하운과 R의 끈질긴 만류를 뿌리치고 동지들과 함께 거사를 실행하려던 한하운의 동생은 1947년 4월 3일 보안대원들에게 연행되었다. 한하운도 체포되어 두 달 넘게 유치장에 갇혀있었다. 한하운은 잘 먹지 못한 데다가 날마다 취조를 받고 고문을 당해 나병이 재발하였다.

병보석으로 풀려나 집으로 돌아온 한하운은 R도 체포당했다는 사실을 알게 된다. 한하운은 R이 갇혀 있는 곳을 알기만 하면 곧 뛰어가서 형무소라도 부수고 그녀를 구출할 마음으로 한시도 가만히 앉아있을 수가 없었다. 하지만 먼저 나병을 치료하지 않으면 아무것도 할 수 없으리라고 판단하여 월남을 결심한다. 한하운은 죽을 위험을 무릅쓰고 38선을 넘어가 대구, 부산 등지로 돌아다니며 치료약을 구한 다음 겨울에 다시 북으로 돌아온다.

그는 동생과 R의 행방을 찾아 고향으로 가는 도중에 허가를 받지 않고 이남에 갔다 왔다는 죄목으로 체포되어 원산 형무소에 수감되었다. 1948년 여름 한하운은 목숨을 걸고 형무소를 탈출하였다. 한 달간 맨발로 걸어 38선 너머 한탄강에 도착하였지만 이남 땅에는 한하운을 반갑게 맞아줄 사람이 아무도 없었다. 그는 세상을 떠날 때까지 다시는 이북 땅을 밟지 못하였다. 한하운이 자유를 찾아 떠난 길은 결국 R과 영영 이별하는 길이 되고 말았다.

훗날 한하운은 북에 두고 온 R을 그리워하며 이렇게 썼다.

"나는 R의 빛나는 눈동자에서 사랑의 시를 느끼고 그 사랑의 시는 나에게 다시 삶의 욕망이 치솟는 '생명의 노래'를 주었던 것이다. 또 나는 생각에 잠긴다. 이 세상에 사랑이란 것이 없다면 사람은 어떻게 될 것인가? 더욱이 나 같은 경우에는 R의 사랑이 없다면 이 심연을 어떻게 할 것인가?"

한하운은 사랑하는 R과 가족이 없는 남한 땅을 떠돌다가 소록도로 가면서 쓴 시 〈전라도길〉에서 당시 모습을 잘 그려내고 있다.

가도 가도 붉은 황톳길
숨 막히는 더위뿐이더라

낯선 친구 만나면
우리들 문둥이끼리 반갑다

천안 삼거리를 지나도
쑤세미 같은 해는 서산에 남는데

가도 가도 붉은 황톳길
숨 막히는 더위 속으로 쩔름거리며
가는 길

신을 벗으면

버드나무 밑에서 지까다비를 벗으면

발가락이 또 한 개 없어졌다

앞으로 남은 두 개의 발가락이 잘릴 때까지

가도 가도 천 리, 먼 전라도길

★ 한하운, 〈전라도길〉

소록도는 나병 환자를 집단으로 수용하고 치료하는 시설이 있는 곳이다. 한하운은 천안을 지나 전라도의 끝인 소록도로 가고 있다. 황톳길을 걸어가다가 나무 밑에서 쉬며 신발을 벗으면 어느 틈엔가 또 잘려나간 발가락 하나……. 이제 남은 발가락은 두 개밖에 없다. 발가락이 하나씩 떨어져나가는 발로 가도 가도 천 리, 먼 전라도길을 걸어갈 때의 심정은 어떠했을까?

한하운은 1949년 5월에 〈전라도길〉을 비롯한 시 25편을 묶어 첫 시집 《한하운 시초》를 발간하였다. 노벨 문학상 후보로 자주 거론되는 시인 고은은 우연히 이 시집을 주워 읽고 시인이 되기로 결심했다고 한다.

"집을 1킬로미터쯤 남겨 놓은 길 한복판에서 한 물체를 발견했다. 그 우연이야말로 필연이었다. 그 물체는 마치 오랜 발광체처럼 꽉 저물어버린 어둠 속에서 빛나고 있었다. 새 책이었다. 나는 사방을 두리번거릴 겨를도 없이 그 책을 집어들었다. 시집이었다. 한하운 시집이었다. 온몸에 전류가 휘감겨졌다. 그 시집 속의 글자 하나하나를 어둠 속에서 뿌리째 뽑아내어 읽어갔다. 돌부리에 넘어졌다가 일어났다. 아마도 누군가가 사 가지고 가다가 그만 길에 잘못 떨어뜨린 것이리라. 그 시집의 임자를 찾아 나설 생각 따위가 전혀 없었다. 시집은 오직 나를 위해서만 거기 있었던 것이다. 그날 밤 시집을 읽고 또 읽었다. 읽으면서 엉엉 울었다. '가도 가도 황톳길' 이 구절은 곧장 내 심장 속의 주술이 되어주었다. 밤새 뜬눈이었다. 먼동이 텄다. 두 가지를 결심했다. 나도 한하운처럼 문둥병에 걸려야겠다는 것과 나도 시인이 되어 이 세상의 모든 길을 걸어가며 떨어져 나간 썩은 발가락을 노래하고 이 세상의 길을 노래하겠다는 것이 그 것이다."

한하운의 시는 많은 사람의 마음을 어루만져주었지만 남쪽 문단에서 그의 활동은 순탄하지 않았다. 나병 증세는 이미 얼굴에까지 뚜렷하게 나타나고 있어 문인들은 그를 마주치기만 하면 외면했고, 작품을 들고 잡지사에 찾아가면 원고를 만지는 것조차 꺼렸다. 그래도 한하운은 인간의 존엄을 스스로 증명해보이는 길을 포기하지 않았다. 그는 1955년과 1957년에 각각 시집 《보리피리》, 자서전 《나의 슬픈 반생기》를 출간하였다. 또한 나환자 정착촌인 성계원을 설립하여 자치회장으로 활동하면서 나병에 시달리는 사람들을 위한 사회 사업에도 힘썼다. 1960년엔 나병이 음성이라는 판정을 받으면서 더욱 활발히 사회 활동을 하였는데, 1968년 나병을 치료하기 위한 투약으로 간경화 증세를 보이기 시작하였다.

"어머니 병들어 죽으실 때 날 두고 가신 길을 슬퍼하셨다."라고 노래했던 시인 한하운은 1975년 2월 28일 57세의 나이로 세상을 떠났다. 현재 그의 시비는 전라남도 고흥군 도양면 소록도에 세워져 있다. 소록도는 지극히 보잘것없는 사람들이 모여 사는 곳이다.

> 너희가 여기 내 형제자매 가운데, 지극히 보잘것없는 사람 하나에게 한 것이 곧 내게 한 것이다. …… 이 사람들 가운데서 지극히 보잘것없는 사람 하나에게 하지 않은 것이 곧 내게 하지 않은 것이다.
>
> ★ 마태복음 25장 40절, 45절

산에 있는 버들을 골라 꺾어 보내노라 임에게

주무시는 방의 창문 밖에 심어 놓고 보소서

밤비에 새잎이 나면 나를 본 것처럼 여기소서

● 〈묏버들 갈해 것거〉 중

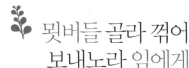
묏버들 골라 꺾어
보내노라 임에게

기생으로는 유일하게 사대부의 족보에 올라간 인물이 있다. 조선 시
대 선조 때 함경남도 홍원의 이름난 기생이며 여류 시인이었던 홍랑
洪娘이다. 경기도 파주시 교하읍 다율리에 위치한 해주 최씨의 문중
산에 그녀의 무덤이 있다. 유교적 신분 질서가 엄격했던 조선 시대
에 어떻게 기녀가 양반집 선산에 묻힐 수 있었을까? 홍랑과 최경창
의 애틋한 사랑이 해주 최씨 문중까지 감동시켰기 때문이다.

　일찍이 아버지를 여읜 홍랑은 어머니가 깊은 병으로 자리에 눕
자 밤낮으로 사흘을 걸어 명의가 있다는 곳을 찾아갔다. 어린 홍랑
의 효성에 감탄한 의원은 그녀를 나귀 등에 태우고 집에 도착하였으

나 어머니는 이미 숨져 있었다. 열두 살 나이에 고아가 된 홍랑은 어머니를 뒷산에 묻고, 무덤 옆에서 세 달 동안 울며 지냈다. 그녀의 효심을 갸륵하게 여긴 의원은 홍랑을 수양딸로 삼았다. 양부모는 홍랑에게 시문을 가르쳐주었고, 홍랑의 시적 재능을 아껴주었다. 하지만 어머니와 함께 살던 집이 그리워 고향으로 돌아왔던 홍랑은 혼자 몸으로 세상을 살아갈 방도를 찾다가 고심 끝에 기적에 이름을 올린다. 기적에 오른 이름 '홍랑'은 홍원 아가씨란 애칭이고, 원래 이름은 '애절愛絕'이다.

홍랑은 관아의 기생으로서 신분은 비천했지만 교양과 미모를 두루 갖추었으며, 문학적 소양과 재주는 유명한 시인들에게 뒤지지 않았다. 그녀는 각종 악기와 가무에도 능하였다.

1539년 전라도 영암에서 태어난 최경창은 26세에 진사시에 합격했고 30세에 문과에 장원급제했다. 그러나 옳지 못한 것을 참지 못하는 그의 관직 생활은 순조롭지 못했다. 1579년 6월, 고죽이 종성부사에 임명되자 대관들이 반대하고 나섰다. 평소에 그의 재능을 높이 평가하고 있던 선조는 3개월이 지날 때까지 대신들의 주장을 받아들이지 않았다.

당쟁이 막 시작되던 시대에 세상과 타협하기를 거부했던 최경창은 자신을 스스로 고죽孤竹, 즉 외로운 대나무로 지칭했다. 그는 자신의 처지와 심정을 다음과 같이 읊은 바 있다.

외로운 대나무 가지도 잎도 없이

바닷가 산 위에 몸을 붙여 산다네

해마다 서리와 눈에 묻힌 데다

벼랑에 내린 뿌리라 편안치 않네

이 재목을 어디 쓸 데가 있으랴만

귀한 것은 추위를 견딘 자태라네

★ 최경창, 〈느낀 바 있어 정철에게 붙이는 10수〉

　　최경창은 이 시에서 자신을 바닷가 높은 벼랑에 서 있는 대나무에 비유하여 세상에 굴하지 않고 절개를 지키겠다는 의지를 드러내고 있다.

　　고죽 최경창은 뛰어난 시인으로 명성이 높았던 인물이다. 나라 안의 좋은 시만 가려 묶은 《국조시산》이라는 책에도 그의 시가 여러 편 실릴 정도였다. 최경창은 허난설헌과 허균의 스승인 손곡 이달, 여섯 살 때 "잘 있어라, 뜰 앞 가득한 나무들아 / 꽃 피는 봄이면 다시 돌아오리니"라는 시를 지은 옥봉 백광훈과 함께 '삼당시인'으로 이름을 떨쳤다. 고죽의 시는 깨끗하고 맑으며 담백하다는 평을 받았는데, 율곡 이이는 그의 시뿐만 아니라 성품까지도 높이 평가하며 "고죽은 그 성품이 깨끗하고 하는 일마다 선이 되는 사람이니 그 맑고 고결한 절조는 사람마다 실천하기 어려운 일이다."라고 하였다. 최경창은 문장에도 뛰어나서 당시 8대 문장가 가운데 한 사람으로 손꼽혔다.

고죽은 특히 시와 글씨가 출중했지만 어렸을 때부터 퉁소도 잘 불었다. 그가 17세 되던 1555년에 을묘왜변이 일어났다. 전라남도 영암에 살던 최경창은 마을 사람들과 함께 배를 타고 피난길에 올랐는데 추격해오는 왜군을 따돌리기가 어려웠다. 그때 최경창이 옥퉁소를 꺼내어 〈사향가思鄕歌〉를 불자 쫓아오던 왜군들이 고향 생각에 빠져 그만 넋을 잃고 말았고, 그 틈을 타 마을 사람들이 무사히 도망갔다는 일화가 오늘날까지 전해오고 있다.

최경창은 1573년에 함경북도 경성의 북도평사(병마절도사의 보좌관)로 부임하게 된다. 그곳은 중요한 군사 지역이었으므로 가족을 동반할 수 없었다. 당시 서른다섯인 고죽은 이미 처자가 있었지만 서울에서 2천 리나 떨어진 경성에 홀로 머물러야 했다.

그가 경성으로 가는 도중에 홍원 부사가 마련한 술자리에 관기 홍랑이 있었다. 주거니 받거니 시를 읊는데 홍랑이 함께 있는 사람이 최경창인지 모르고 그의 시를 읊었다. 이에 고죽이 누구의 시를 좋아하느냐고 묻자 홍랑이 최경창의 시를 좋아한다고 말했다. 그때서야 고죽은 자신의 신분을 밝혔다.

시와 풍류를 아는 젊은 관리 최경창과 재색을 지닌 홍원의 이름난 기생 홍랑은 곧 사랑하는 사이가 된다. 당초 홍원을 맘대로 떠날 수 있는 처지가 아니었던 홍랑은 방직기(가족을 대신하여 변방 관리의 수발을 드는 기생)를 자청하여 최경창의 부임지까지 따라가 함께 생활했다.

그러나 이듬해 봄에 두 사람의 사랑에 이별이라는 시련이 찾아온다. 임기가 끝난 최경창이 서울로 돌아가야만 했기 때문이다. 노비와 비슷한 신분이었던 기생은 관아에 속해 있어서 다른 지역으로 자유롭게 움직일 수 있는 형편이 되지 못했다.

홍랑은 서울로 가는 최경창을 배웅하려고 경성에서 멀리 떨어진 쌍성까지 며칠 길을 마다치 않고 따라갔다. 함관령에 이르러 두 사람이 헤어질 때가 되자 날은 저물고 비는 부슬부슬 내리고 있었다. 이별의 순간에 홍랑은 버들가지를 꺾어 최경창에게 주며 구슬프게 시조를 읊었다.

묏버들 갈히 것거 보내노라 님의손디
자시논 창 밧긔 심거 두고 보쇼서
밤비예 새닙곳 나거든 날인가도 너기쇼서

[현대어 풀이]
산에 있는 버들을 골라 꺾어 보내노라 임에게
주무시는 방의 창문 밖에 심어 놓고 보소서
밤비에 새잎이 나면 나를 본 것처럼 여기소서

    옛날에는 사랑하는 사람과 헤어질 때 이별의 정표로 버들가지를 꺾어 주는 풍습이 있었다고 한다. 홍랑은 버들가지를 꺾어서 떠나가는 임에게 드렸다. 꺾은 가지를 땅에 심어도 다시 뿌리내리는 버들가지를 주는 것은 우리가 지금 비록 이렇게 헤어지지만 나중에 다시 만나자는 바람을 담은 것이다.

    '묏버들'은 시적 화자의 분신으로 임에게 바치는 사랑을 상징한다. 홍랑은 임이 버들을 가져가 창밖에 심어 새잎이 나거든 자신인 것처럼 여겨달라고 간절하게 호소하고 있다. "서울로 가시면 창가에다 이 버들가지를 심어주십시오. 밤비를 맞아 버들가지에 새잎이 돋아나면 그게 바로 저라고 생각해주십시오." 이 시는 묏버들을 소재로 삼아 몸은 비록 멀리 떨어져 있어도 마음만은 임의 곁에 있고 싶은 심정을 노래하고 있다.

    서울로 돌아온 최경창은 병이 들어 봄부터 겨울까지 자리에서 일어나지 못했다. 이 소식을 들은 홍랑은 곧바로 서울을 향해 길을 나섰고, 7일 밤낮을 쉬지 않고 걸어 최경창의 집에 도착했다.

    최경창을 다시 만난 홍랑은 잠시도 그의 곁을 떠나지 않고 정성껏 간호했다. 그 덕분에 최경창의 건강은 차츰 회복되어갔다.

    그러나 조선 사회는 이들의 사랑을 용납하지 않았다. 1576년 봄에 사헌부는 최경창의 파직을 청하는 상소를 올린다.

    "최경창은 관비를 데리고 와 살고 있으니 이는 너무 거리낌 없는 행동입니다. 파직을 명하소서."

결국 최경창은 양계의 금을 어겼다는 이유로 파직당하고 말았다. 양계의 금은 함경도와 평안도 사람들이 서울에 출입하지 못하도록 제한하는 제도를 말한다. 사헌부에서는 함경남도 홍원 출신인 홍랑이 서울에 들어와 있는 것을 문제로 삼았다. 더군다나 당시는 명종 비인 인순왕후의 국상 중이라 홍랑의 일이 최경창에게 더욱 불리하게 작용했다. 홍랑은 나라 법을 원망하면서도 어쩔 수 없이 경성으로 돌아가야만 했다.

홍랑과 최경창의 두 번째 만남은 파직과 이별로 이어졌지만 최경창은 홍랑의 지극한 사랑을 가슴 깊이 간직했다. 이별의 시간을 맞이하여 최경창은 홍랑에게 애절한 시 한 수를 읊어주었다.

마음속 정감이 고동처 말없이 난을 보내오니
이제 가면 아득히 먼 곳 어느 날에 돌아오리
함관령에 올라서 옛날의 노래를 부르지 마오
지금까지도 궂은비 내려 푸른 산길 어둡겠지

홍랑은 최경창에게 그윽하게 향을 풍기는 난과 같은 존재였다. 고죽은 홍랑에게 말없이 난초를 보내며 애처롭게 길을 떠나는 그녀뿐만 아니라 기약 없는 작별에 눈물짓는 자신의 마음도 달래본다.

최경창은 파직당한 후 변방의 한직으로 떠돌다가 1583년 마흔다섯 나이로 객사했다. 사랑하는 임과 다시 만날 날만 기다리던 홍랑에게 날아든 고죽의 사망 소식은 깊은 상실감을 안겨주었다.

최경창의 묘소가 있는 경기도 파주에 당도한 홍랑은 무덤 앞에 움막을 짓고 여막살이를 시작했다. 그러나 젊고 아름다운 여인이 여막살이한다는 것은 무척이나 어려운 일이었다. 홍랑은 3년 동안 몸을 씻거나 꾸미지 않았다. 다른 남자의 접근을 막기 위해 스스로 얼굴에 상처를 내고 숯검정을 칠하고 살았다. 그뿐만 아니라 커다란 숯덩이를 통째로 삼켜 스스로 벙어리가 되기도 하였다. 그렇게 삼년상을 무사히 마친 뒤에도 홍랑은 고죽의 무덤을 떠나지 않은 채 그의 영혼 앞에서 살다가 죽으려 했다.

하지만 하늘은 그녀에게 작은 행복조차도 허락하지 않았다. 1592년에 임진왜란이 터지자 홍랑은 최경창의 유품을 보존하기 위해서 무덤 곁을 떠나야만 했다. 그녀는 고죽이 남긴 시들을 정리해 고향 홍원으로 돌아갔다. 오늘날까지 고죽 최경창의 시와 문장이 전해지게 된 것은 홍랑의 지극한 사랑과 정성이 있었기 때문이다.

오직 한 사람만을 향해 자신의 모든 것을 불살랐던 홍랑은 전쟁이 끝난 뒤 해주 최씨 문중에 최경창의 유작을 전한 후 그의 무덤 앞에서 한 많은 일생을 마감하였다. 홍랑이 죽자 해주 최씨 문중은 그녀를 집안사람으로 받아들여 장사를 지냈다. 그리고 최경창 부부가 합장된 묘소 바로 아래 홍랑의 무덤을 마련해주었다. 두 사람의 사랑 이야기도 대를 이어 전해왔고, 후손들은 지금까지도 예를 갖춰 홍랑의 묘를 돌보고 있다.

현재 홍랑의 무덤 옆에는 1980년대 '전국시가비건립동호회'에서 세운 홍랑가비가 있다. 이 시비는 앞면을 고죽시비, 뒷면을 홍랑가비라고 한 것이 인상적이다. 살아서는 만남과 이별을 거듭할 수밖에 없었던 두 사람이 죽은 후에는 영원히 함께하라는 뜻이 아닐까?

아아, 내가 한 일이야 그리워할 줄을 몰랐던가

있으라고 말했더라면 갔으랴마는 제가 구태여

보내고 나서 그리워하는 내 마음 나도 모르겠구나

● 〈어져 내 일이야〉 중

🌿 동짓달 기나긴 밤을
한 허리를 베어내어

'계약 결혼' 하면 사람들은 가장 먼저 프랑스의 작가이며 철학자인 장 폴 사르트르와 시몬 드 보부아르를 떠올릴 것이다. 하지만 그들보다 이미 400년 앞서서, 게다가 유교 윤리가 엄격했던 조선 시대에 계약 결혼의 모범을 보인 이가 있으니 바로 황진이였다. 당시 송도 기생이었던 황진이와 명창이면서 선전관 벼슬을 하던 이사종의 계약 결혼은 사르트르와 보부아르보다 더 가식이 없고 진실했다.

선전관 이사종이 송도를 지나다가 냇가에서 말을 쉬게 하려고 멈췄다. 잠시 누워서 한가하게 하늘을 바라보다가 노래 한 가락을 뽑았다. 황진이가 바람결에 노랫소리를 듣고 놀라며, "이는 평범한 시골 남자가 부르는 노래가 아니다. 분명히 명창의 곡조인데 서울의 풍류객 이사종이 이곳에 놀러 왔나 보구나." 하고는 사람을 보내어 알아보니 과연 이사종이었다. 황진이는 그가 풍류를 제대로 아는 사람이라고 생각하여 6년간의 동거를 제의했다.

얼마 뒤에 황진이는 재산을 챙겨 서울의 이사종 집으로 들어갔다. 그때부터 시부모에게는 첩며느리로서, 정실부인에게는 소실로서 시댁 식구들에게 정성을 다했다. 그 3년 동안 생활비는 자신이 모두 부담했다. 그 뒤에는 이사종이 3년간 송도로 옮겨가서 황진이의 가족들을 먹여 살렸다.

약속한 기간이 끝나자 황진이는 마땅히 헤어지는 것이 옳다고 말하고서는 깨끗이 돌아섰다. 사랑하는 사람은 떠났지만 사랑하는 마음마저 떠나보내지는 못했다. 그녀는 임이 떠난 빈자리에 스며드는 그리움을 이렇게 읊어 편지 대신 보냈다.

동지ㅅ돌 기나긴 밤을 한 허리를 버혀 내어
춘풍 니블 아러 서리서리 너헛다가
어론 님 오신 날 밤이여든 구뷔구뷔 펴리라

[현대어 풀이]
동짓달 긴긴 밤의 한가운데를 베어내어

봄바람처럼 따뜻한 이불 아래 서리서리 넣어 두었다가

정든 임이 오시는 날 밤에 굽이굽이 펴리라

임이 없어 더욱 길게 느껴지는 동짓달의 지루한 밤을 잘라내겠
다는 생각이 기발하다. 잘라낸 시간을 넣어두는 '춘풍 이불'은 '봄
바람처럼 따뜻한 이불'로, 추운 동짓달의 기나긴 밤과 대비된다. 봄
이불 아래 서리서리 넣어두었던 시간을 임이 오신 날 밤에 굽이굽이
펼치겠다는 발상 또한 절묘하다. 여기서 우리말의 아름다움을 잘 살
려낸 '서리서리 너헛다가'나 '구뷔구뷔 펴리라'와 같은 표현이 돋보
인다. 이 시는 추상적인 시간을 구체적인 사물로 형상화하여 임을
기다리는 여인의 간절한 마음을 노래하고 있다.

이 작품을 두고 4천여 수에 달하는 고시조 중에서 가장 훌륭한
작품이라고 말하는 이가 적지 않다. 영국인들은 인도를 다 주어도 셰
익스피어와는 바꾸지 않겠다고 했지만, 금아 피천득은 셰익스피어
의 소네트(14행으로 이루어진 유럽의 정형시) 수백 편을 가져와도 황진이의 이
시조 한 편에 견줄 수 없다고 했다. 가람 이병기도 우리 고전을 송두
리째 빼앗길망정 황진이의 이 시조 한 수와 바꾸지 않겠다고 했다.

황진이는 여덟 살 때부터 천자문을 배우기 시작하였는데, 열 살
때 벌써 '사서삼경' 등 한문 고전을 읽고 한시를 짓는 재능을 보이기
시작했다. 또 서화를 정교하게 그렸으며 가야금에도 뛰어났다.

조선 시대 최고의 명기였던 황진이는 시조를 통하여 문학적 재능을 마음껏 발휘했다. 가곡에도 뛰어나 그 음색이 청아했으며, 가야금의 묘수라 불리는 이들까지도 그녀를 선녀라고 칭찬했다. 화장을 안 하고 머리만 빗을 따름이었으나 얼굴에서 광채가 나 다른 기생들을 압도했다.

대제학을 지낸 소세양이 한양에서 황진이의 소문을 듣고 친구들에게 "나는 30일만 같이 살면 쉬이 헤어질 수 있으며 조금도 미련을 갖지 않겠다."라고 장담했다. 송도에 내려온 소세양이 먼저 황진이에게 인편으로 편지를 보냈다. 편지에는 단 한 글자만 적혀 있었다.

'榴(석류나무 류).'

'석류나무 류(석유나무 유)'를 한자로 쓰면 '碩儒那無遊'가 된다. 각각의 한자는 순서대로 '클 석碩, 선비 유儒, 어찌 나那, 없을 무無, 놀 유遊'에 해당한다. 직역하면, '큰 선비가 왔으니 어찌 놀음이 없겠는가?'라는 뜻이다. 즉 '내가 왔으니 어서 와서 나랑 놀자'며 꾀는 말이다.

이 편지를 본 황진이도 딱 한 글자로 답장을 써서 보냈다.

'漁(고기잡을 어).'

'漁'의 뜻과 음을 합해서 소리 나는 대로 읽으면 '고기자불 어'에 가깝다. 이를 한자로 쓰면 '高妓自不語'가 된다. 각각의 한자는 '높을 고高, 기생 기妓, 스스로 자自, 아니 불不, 말씀 어語'에 해당한다.

직역하면, '높은 기생은 스스로 말하지 않는다' 라는 뜻이다. 곧 "높은 기생인 나는 마음에 드는 남자라도 먼저 유혹하지 않으니까 네가 직접 와서 말해라." 하고 멋지게 응수한 것이다.

재치 있게 편지를 주고받은 두 사람은 한 달 동안 꿈같은 사랑을 나누게 된다. 너무나 짧기만 했던 30일이 지나고 둘이 헤어지는 날, 황진이가 작별의 한시를 지어주자 소세양이 감동하여 며칠을 더 머물렀다. 소세양이 서울로 떠난 뒤 황진이는 자신도 미처 몰랐던 마음을 시조 한 수에 담아낸다.

어져 내일이야 그릴 줄을 모로ᄃ냐

이시라 ᄒ더면 가랴마는 제 구ᄐ여

보ᄂ고 그리는 정은 나도 몰라 ᄒ노라

[현대어 풀이]

아아, 내가 한 일이야 그리워할 줄을 몰랐던가

있으라고 말했더라면 갔으랴마는 제가 구태여

보내고 나서 그리워하는 내 마음 나도 모르겠구나

시적 화자는 초장에서 임을 떠나보낸 뒤에 그리워하는 마음을 표현하고 있다. 중장의 '제 구ᄐ여' 는 앞뒤에 모두 걸리는 말로서,

그때마다 주체가 달라진다. 중장의 내용과 연결하면 '임이 구태여 갔겠느냐마는'의 뜻이 된다. 종장과 연결하면 '내가 구태여 보내놓고'로 해석할 수 있다. 어떻게 해석하든 화자의 자존심이 느껴진다.

종장에서는 보내고 그리워하는 마음을 자신도 잘 모르겠다고 하면서, 여인의 자존심과 연모의 감정에서 비롯되는 미묘한 심리를 섬세하게 드러내고 있다. 가람 이병기는 시조 가운데 이 작품만큼 형식으로나 기교로나 구성으로나 잘 짜인 것을 못 보았다고 평했다.

황진이는 미모와 기예가 뛰어난 기생으로 명성이 더욱 널리 퍼져나갔다. 종친 벽계수가 황진이를 만나기를 원하였으나 풍류를 즐기는 명사가 아니면 어렵다기에 손곡 이달에게 방법을 물었다.

이달이 "그대가 황진이를 만나려면 내 말대로 해야 하는데 따를 수 있겠소?"라고 물으니 벽계수는 "당연히 그대의 말을 따르리다."라고 답했다. 이달이 말하기를 "그대가 심부름하는 아이에게 거문고를 가지고 뒤를 따르게 하여 황진이의 집 근처 누각에 올라 술을 마시고 거문고를 켜고 있으면 황진이가 나와서 그대 곁에 앉을 것이오. 그때 본체만체하고 일어나 재빨리 말을 타고 가면 황진이가 따라올 것이오. 다리를 지날 때까지 뒤를 돌아보지 않으면 성공할 것이요, 그렇지 않으면 성공하지 못할 것이오."라고 말했다.

벽계수가 그 말을 따라서 누각에 올라 술을 마시고 거문고를 연주한 후 일어나 말을 타고 가니 황진이가 과연 뒤를 쫓았다. 벽계수가 다리에 이르렀을 때 황진이가 아름다운 목소리로 시를 읊었다.

청산리 벽계수ㅣ야 수이 감을 자랑 마라
일도창해ᄒᆞ면 도라오기 어려오니
명월이 만공산ᄒᆞ니 수여 간들 엇더리

[현대어 풀이]
청산 속에 흐르는 푸른 시냇물아, 쉽게 흘러감을 자랑하지 마라
한번 넓은 바다에 도달하고 나면 다시 돌아오기 어려우니
밝은 달이 빈산에 가득 차 있으니 쉬어 가면 어떻겠는가

'벽계수'는 '푸른 시냇물'과 '왕족 벽계수'를, '명월'은 '밝은
달'과 '황진이 자신'을 동시에 의미하는 중의적 표현이다. 이 시조
는 세월은 빠르고 인생은 덧없으니, 인생의 한때를 자기와 함께 즐겁
게 보내자고 유혹하는 작품이다.

황진이가 고운 음성으로 시조를 읊으니, 벽계수가 그냥 갈 수가
없어서 고개를 돌리다 말에서 떨어졌다. 이 모습을 본 황진이는 웃
으며 "이 사람은 이름난 선비가 아니라 그저 멋을 내는 사내일 뿐이
다."라고 말하고는 돌아가버렸다.

화담 서경덕은 어머니가 요청해서 과거를 보아 합격하였으나

벼슬길에 나아가지 않았다. 황진이는 행실이 바르기로 유명한 서경덕을 시험하고자 허리에 실띠를 묶고《대학》을 옆에 낀 채 찾아가서 절을 올리고 말했다.

"《예기》에 이르기를 '학문에 뜻이 있는 남자는 가죽띠를 매고 여자는 실띠를 맨다.' 라고 했습니다. 저 또한 학문에 뜻을 두어 실띠를 두르고 왔습니다."

화담은 웃으며 받아들이고는 학문을 가르쳤다. 황진이는 온갖 교태를 부리며 서경덕을 유혹하였지만 화담은 조금도 흔들리지 않았다.

서경덕은 본래 유람을 좋아하여 명승지를 찾아다녔으며 기행시도 많이 남겼다. 어느 날 황진이와 서경덕은 절로 나들이를 갔다. 한참 후 돌아갈 시간이 되자 황진이가 갑자기 복통을 일으키며 신음하기 시작했다. 서경덕은 아픈 사람을 두고 홀로 갈 수 없어서 황진이와 함께 절에서 하룻밤을 묵게 되었다. 서경덕은 한 채뿐인 이불을 펴주고는 자신은 밤늦도록 책을 읽었다. 황진이는 꾀병을 앓으면서도 자꾸 서경덕의 동태를 살폈으나 한 점 흐트러짐도 없었다. 이 일이 있은 이후에 사람들은 서경덕, 황진이, 박연폭포를 송도삼절松都三絶로 일컬으며 칭송했다.

조선조 중종, 인종, 명종 대에 걸쳐 살았던 황진이는 1490년대 경기도 개성에서 황 진사의 서녀로 태어났다. 황진이의 어머니 진현

금은 길을 가던 황 진사가 한눈에 반할 만큼 미인이었다. 우물가에 있던 진현금이 그에게 물을 떠준 일이 인연이 되어 그녀는 황 진사의 첩이 되었고 곧 황진이를 낳았다.

황진이는 홀어머니 슬하에서 자랐지만 물질적으로 풍족했기 때문에 양반집 규수처럼 학문과 예의범절을 익힐 수 있었다. 그녀는 글씨와 그림, 노래와 가야금 연주에도 아주 뛰어났으며, 얼굴도 매우 예뻐서 동네 총각들이 흠모하는 대상이었다.

황진이가 열다섯 살쯤 되었을 무렵에 근처에 사는 한 젊은이가 그녀를 짝사랑하다 상사병으로 죽고 말았다. 젊은이의 시신을 실은 상여가 황진이의 집 앞에 이르자 멈춰 서서 움직이지 않았다. 청년이 자기를 사랑하다 죽었다는 사연을 들은 황진이는 나들이옷과 꽃신을 관 위에 올려놓았다. 그제야 상여꾼들이 아무리 밀고 당겨도 꼼짝도 안 했던 상여가 움직이기 시작했다. 이 사건이 계기가 되어 그녀는 스스로 기생의 길을 선택하였다. 황진이는 첩의 딸로서 규방에 묻혀 일생을 헛되이 보내기보다는 봉건적 윤리에서 벗어나 자유롭게 살기를 원했던 것이다.

황진이는 송도의 명기로 명성이 서울에까지 알려져서 많은 풍류객이 멀리 개성까지 오르내릴 정도였다. 그녀는 말년에 금강산을 비롯한 전국 방방곡곡을 한가로이 유람하며 아름다운 경치를 구경했다. 유교적 질서에 얽매이지 않고 신분의 차별, 성의 차별에서 벗어나 자유분방하고 당당하게 살기를 원했던 황진이는 마흔 전후의 젊은 나이로 병에 걸려 죽었다. 임종하는 자리에서 그녀는 다음과 같은 유언을 남겼다고 한다.

"내가 죽으면 장사 지낼 때 곡을 하지 말고 풍악을 울려달라. 또 시신을 관에 넣지 말고 개미, 까마귀, 솔개의 먹이가 되도록 해달라."

그녀가 죽자 사람들은 개성 근처에 있는 장단에 묻어주었다. 2011년 11월 21일 북한의 조선중앙TV는 조선 중기의 명기 황진이의 무덤을 개성시 선정리에 복원했다고 보도했다.

조선 중기의 문장가 임제는 35세 때 평안도 도사로 임명되어 부임지로 가는 도중에 황진이를 찾았다. 그런데 그녀가 이미 고인이 되었다는 이야기를 듣고 황진이 무덤을 찾아가서 시조를 짓고 제를 지낸다.

청초 우거진 골에 자는가 누웠는가
홍안은 어디 두고 백골만 묻혔는가
잔 잡아 권할 이 없으니 그를 슬퍼하노라

이 일로 그는 사대부가 기생의 무덤 앞에서 술잔을 올렸다 하여 조정 대신들에게 비난을 받았다.

황진이의 작품은 오늘날까지 시조 여섯 수와 한시 네 수가 전한다. 한시를 연구하는 학자들은 "황진이의 시 한 수가 김시습의 시 열 수와 비길 만하다."라는 평가를 내놓는다. 계간지 《나래시조》가 2006년에 현대 시조 시인들을 대상으로 가장 좋아하는 고시조를 설문 조사했는데 황진이의 〈동짓달 기나긴 밤을〉이 1위에 뽑혔다. 황진이의 〈어져 내 일이야〉(6위), 〈청산리 벽계수야〉(8위)도 10위 안에 들었다. 특히 황진이의 시조 〈동짓달 기나긴 밤을〉은 우리말의 묘미를 자아내는 솜씨가 더없이 매혹적인 작품으로 시대를 뛰어넘어 흠뻑 사랑받고 있다.

꽃을 보니 새 설움 솟아나고

제비 소리에 옛 수심 일어나니

밤마다 임 그리는 꿈만 꾸다가

새벽의 물시계 소리에 놀라 깬다오

● 〈옛 임이 그리워〉 중

🌿 이화우 흩날릴 제
울며 잡고 이별한 임

황진이, 허난설헌과 더불어 조선 시대의 3대 여류 시인으로 꼽히는
계랑桂娘은 1573년 부안에서 아전 이탕종의 딸로 태어났다. 원래 이
름은 계생桂生이었는데 기생이 된 다음에 계랑으로 바꿨으며, 호를
매창梅窓이라 지었다. 그녀의 호는 달빛이 비쳐드는 창가에 핀 매화
꽃을 의미하며, 그윽한 아름다움을 상징한다.

　계랑은 얼굴이 동그스름하고 덕스러워 보였지만 예쁘지는 않았
다. 하지만 한시에 능하고 거문고 켜는 솜씨가 매우 뛰어나 방방곡곡
에서 그녀를 만나 보려고 부안으로 찾아오는 사대부들이 적지 않았
다. 기생의 신분이라고 하나 계랑은 행동거지가 바르고 절개가 곧은

여인이었다. 또한 내면적인 아름다움으로 사람들의 마음을 사로잡아 끄는 힘이 있었다. 계량의 명성을 들은 손님 중에 그녀를 유혹해 보려는 이들이 많았지만 모두 실패로 돌아갔다고 한다. 한번은 어떤 취객이 그녀를 희롱하자 다음과 같은 시를 지어 정중하게 거절한 적도 있었다.

> 취한 손님이 비단 저고리를 잡으니
> 비단 저고리 손길을 따라 찢어졌네
> 찢어진 비단 저고리는 아깝지 않으나
> 임이 주신 은정까지 끊어질까 두렵다네
>
> ★ 계량, 〈취한 손님께〉

술에 취한 손님이 그녀를 안으려고 잡아끌어 비단 저고리가 찢어지는 희롱을 당했다. 계량은 임이 주신 은정이 끊어질까 두렵다며 짐짓 여유를 부리고 있다. 그녀의 의연한 기품과 사람의 마음을 움직일 줄 아는 글솜씨를 엿볼 수 있다.

뭇 남자들에게 마음을 주지 않았던 계량의 나이 스무 살 때 운명과도 같은 사랑이 찾아온다. 천민 출신으로 그녀보다 스물여덟 살 연상이었던 유희경을 만난 때는 1592년 봄이었다. 그를 처음 만난 순간 계량의 마음도 봄빛으로 물들었다.

유희경은 천민이면서 시적 재능이 뛰어났고 종2품 벼슬에 올랐다. 조선 시대에 가장 업신여김을 받는 천민인 그가 어떻게 시를 지을 수 있었으며 나아가 벼슬에까지 오를 수 있었을까?

1545년 서울에서 태어난 유희경은 열세 살이 되던 해에 아버지를 여의었다. 어린 유희경이 혼자서 삼년상을 치렀는데, 이 사실이 이름난 학자인 남언경의 귀에 들어간다. 남언경은 유희경이야말로 진정한 효자라고 생각하여 제자로 받아들인다. 남언경에게 정통 예법을 배운 유희경은 천민의 신분으로는 드물게 손꼽히는 상례 전문가로 성장한다. 오래지 않아 그의 이름이 널리 알려져 사대부들의 초상은 물론이고 국상 때도 사람들은 그에게 자문했다.

유희경에게 예법을 가르친 스승이 남언경이었다면 시를 가르친 스승은 영의정을 지낸 박순이었다. 유희경이 그 시대 최고의 시인으로 담백한 시를 추구하는 박순을 만난 것은 독서당을 드나들 때였다. 상례에 밝아 상갓집에 자주 드나드는 틈틈이 시 짓기를 즐겼던 유희경은 젊은 학자들과 곧잘 시를 주고받았다. 유희경의 글을 본 박순은 그의 자질을 높이 평가해 몸소 시를 가르쳐주었다. 이를 계기로 유희경은 더 많은 사대부와 교류를 하게 된다.

두 스승 덕분에 그는 천민 신분인데도 글을 배울 수 있었고 시인으로 전국에 이름을 날릴 수 있었다. 그 뒤에 임진왜란이 일어나자 의병을 일으켜 관군을 도운 공을 인정받아 천민 신분에서 벗어날 수 있었다.

유희경이 부안의 명기 계랑을 만난 것은 친구 이귀가 부안 부사로 있을 때였다. 유희경은 '이계랑'이라는 이름을 그녀의 시를 통해 익히 알고 있었다. 계랑 역시 당대 최고 시인인 유희경의 명성을 모를 리 없었다. 부사 이귀에게 유희경이 부안에 온다는 전갈을 받은 그녀는 곧 만나러 가겠다는 답장을 보낸다.

유희경은 계랑을 처음 만났을 때 그녀에게 거문고 한 곡조를 청한다. 거문고 연주가 끝나자 유희경은 즉흥시를 지어서 계랑에게 주었다.

> 남국의 계랑 이름 일찍이 알려져서
> 글재주 노래 솜씨 서울까지 울렸어라
> 오늘에야 참모습을 대하고 보니
> 선녀가 떨쳐입고 내려온 듯하여라

글재주와 노래 솜씨가 뛰어나 서울까지 소문난 계랑을 부안에 직접 내려와서 보니 마치 하늘에서 선녀가 내려온 것처럼 아름답다고 칭찬한 것이다. 시를 읊은 뒤 유희경이 피리를 불자 계랑이 거문고를 연주하며 화답한다.

내게는 옛날의 거문고가 있어서
한번 타면 온갖 정감이 생긴다오
세상에 이 곡조를 아는 이 없으니
임의 피리 소리에 음률을 맞춰본다오

이 시에는 다음과 같은 의미가 담겨 있다.

"비록 내가 시골의 미천한 기생이나 품격을 지니고 삽니다. 이를 알아주는 사람이 없는 것처럼 세상에 이 곡조를 아는 이 또한 없었습니다. 오늘 임을 만나서 피리 소리에 음률을 맞춰보니 내 마음속 음을 알아주는 이는 오직 당신뿐입니다."

그 어떤 남자에게도 정을 주지 않았던 계랑과 평소에 뭇 여성을 가까이하지 않았던 유희경. 두 사람이 첫 만남에서 서로에게 강하게 끌린 데는 천민과 기생이라는 신분적 한계에 대한 공감대가 크게 작용했을 것이다. 여기에 더불어 시라는 공통의 언어가 있었기에 계랑과 유희경의 운명적인 만남이 가능했던 것이다.

만나자마자 첫눈에 마음이 끌린 두 사람은 곧 뜨겁게 사랑을 나누었다. 하지만 임진왜란이 일어나면서 봄날보다 더 짧았던 둘의 만남은 이별로 이어지게 된다. 계랑과 유희경이 열흘 동안 내소사 구경을 끝내고 내려왔을 때, 부사 이귀에게 왜구 14만 명이 침공해 왔다는 소식을 들었다. 계랑이 만류했지만 유희경은 전쟁터로 나간다.

나라를 위해 사랑을 버리는 것이 의義와 충忠이라고 생각했던 유희경은 의병을 모아 관군을 도왔다. 유희경과 헤어진 후 계랑의 가슴은 기다림과 그리움으로 가득 차 있었다. 두 사람의 짧은 만남과 긴 이별은 서로를 애절하게 그리워하는 시를 남기게 했다. 계랑은 서울로 올라간 유희경으로부터 소식이 없자 애틋한 그리움을 담아 이렇게 노래했다.

이화우 흣뿌릴 제 울며 잡고 이별흔 님
추풍낙엽에 저도 날 싱각는가
천 리에 외로운 꿈만 오락가락 흐노매

[현대어 풀이]
배꽃이 비처럼 흩날리던 때에 서로 울며 손을 잡고 헤어진 임
가을바람에 나뭇잎이 떨어지는 이때에 임도 나를 생각하고 계실까
천 리 길 떨어진 곳에서 외로운 꿈만 오락가락하는구나

시적 화자는 배꽃이 비 오듯 떨어지는 봄에 임과 이별하였다. 그 뒤 무심하게 시간이 흘러 어느덧 가을이 되었다. 배꽃이 비처럼 흩날리는 봄날, 울며 손을 잡고 이별한 임은 가을이 되어도 소식이 없다. 가을바람에 나뭇잎 떨어지는 소리가 그리움을 더욱 부채질한다.

낙엽을 보며 임을 생각하는 나처럼 임도 나를 그리워할까 하는 심정이 중장에 나타나 있다. 그러나 소식이 없기에 꿈길에서만 천 리 밖에 있는 임에게 오락가락할 뿐이다. 종장의 '외로운 꿈'은 임을 그리는 마음을 뜻한다. 이 시는 '이화우'와 '추풍낙엽'을 통해 임과 헤어진 뒤의 시간적 거리감을 형상화하고 있으며, '천 리'라는 시어를 통해 임과 멀리 떨어져 있다는 공간적 거리감을 형상화하고 있다.

유희경은 떠난 지 1년이 지난 뒤에 인편으로 서찰을 전해왔다. 편지의 사연은 간략했다. 의병을 모아 왜구와 싸우느라 다시 만날 여유가 없다는 것이었다. 계랑은 유희경의 편지를 읽고 또 읽었다. 반가운 눈물이 걷잡을 수 없이 흘러내렸다. 자신을 잊고 있지 않다는 사실이 사무치게 고마웠다. 다음 날 계랑은 마냥 기다리고만 있을 수가 없어서 남장을 하고 유희경을 찾아 나섰다. 부안에서 서울까지는 머나먼 천 리 길. 여자의 사랑은 이 멀고도 험한 길을 나서게 했다. 그러나 전쟁의 소용돌이 속에서 끝내 유희경을 만나지 못한 채 발걸음을 되돌려야만 했다. 부안으로 돌아온 계랑은 유희경을 더욱 애타게 그리워했다.

봄이 와도 그리운 임, 먼 곳에 있어
아름다운 경치를 봐도 마음 편치 않다오
짝 잃은 채 아침 화장을 마치고

달 아래서 거문고를 뜯는다오

꽃을 보니 새 설움 솟아나고
제비 소리에 옛 수심 일어나니
밤마다 임 그리는 꿈만 꾸다가
새벽의 물시계 소리에 놀라 깬다오

★ 계랑, 〈옛 임이 그리워〉

　사랑하는 임과 함께하지 못하는 봄은 봄 같지가 않다. 유희경이 없는 봄이기에 아름다운 경치를 봐도 마음이 편치 않다. 꽃과 제비 소리는 평소엔 사람의 마음을 즐겁게 해주지만, 임이 없는 공간에서는 설움만 불러일으킨다. 임과 함께 보던 꽃 앞에 이제는 혼자 서 있다. 지금 내 옆에는 그 사람이 없다. 그래서 왈칵 새로운 설움이 솟아난다.

　제비는 언제나 쌍을 이루어 날아다니며 지저귄다. 계랑은 쌍으로 날며 지저귀는 제비 소리를 듣고 문득 유희경의 부재를 실감한다. 그래서 다시 수심에 잠긴다. 떠난 사람이 못 견디게 그리워 달 아래에서 거문고를 켜다가 잠이 들어도 임 그리는 꿈만 꾸다가 새벽을 맞이한다.

　계랑과 마찬가지로 서울에 있는 유희경도 그녀를 그리워하며 시를 지었다.

계랑의 집은 부안에 있고
우리 집은 서울에 있네
서로가 그리워도 만나지 못해
오동나무에 비 뿌릴 제 애가 끓거라

★ 유희경, 〈계랑을 그리워하며〉

1607년 계랑은 헤어진 지 15년 만에 드디어 유희경을 다시 만났다. 그때까지도 그들은 여전히 서로 잊지 못하며 애타게 그리워했다. 그토록 오랜 세월 동안 유희경은 왜 계랑을 만나러 가지 못했던 것일까?

그는 사대부들보다 훨씬 더 예학에 정통한 사람이었다. 유교적 관점으로 볼 때, 여성을 가까이하거나 밝히는 것은 부끄러운 일이었다. 더욱이 아내가 있는 몸으로 부안까지 기생을 찾아가는 일이 도리에 어긋난다고 여겼을 것이다. 유희경으로서는 계랑을 향한 마음이 있어도 실천에 옮기기가 그리 쉽지 않았을 것이다.

짧은 재회의 시간이 지나고 유희경은 다시 서울로 돌아갔다. 두 번째 이별은 계랑에게 더욱 깊은 그리움을 남긴다. 그녀는 유희경과 함께 다니던 장소를 홀로 헤매거나 늦은 밤에 거문고를 타면서 외로움을 달랬다.

이슬 젖은 푸른 하늘엔 별들이 흩어지고
기러기는 울면서 구름 끝을 날아가네
매화 가지에 걸렸던 달이 난간까지 오도록
거문고로 달래 보지만 잠은 오지 않아라

★ 계랑, 〈가을밤〉

가을밤, 이슬 젖은 푸른 하늘에 별들이 흩어진다. 이슬에 젖는
것은 하늘만이 아니다. 기러기가 울면서 날아갈 무렵 계랑의 마음도
외로움과 그리움으로 물들고 있는 것이다. 달빛이 비쳐드는 매화꽃
핀 창가에서 거문고로 외로움을 달래본다. 계랑은 못내 유희경이 그
리워 한밤중이 지나도록 잠을 이루지 못한다.

유희경과 이별한 뒤 3년 만에 계랑은 서른여덟 살의 나이로 세
상을 떠났다. 계랑은 유희경에게 자신의 죽음이 알려지는 것을 원하
지 않았다. 그에게 조금이라도 누가 될까봐 염려했기 때문이었다.
그것이 유희경에 대한 그녀의 마지막 사랑이었다.

뒤늦게 계랑의 부음을 들은 유희경은 무덤을 찾아가 술 한 잔과
시 한 수로 그녀의 영혼을 위로한다. "향기로운 넋 홀연히 흰 구름
타고 가니 / 하늘나라 아득히 머나먼 길 떠났구나." 유희경은 1592년

에 계랑과 헤어진 뒤에 그녀를 생각하며 시 10여 편을 써서 남겼다.

계랑의 길지 않았던 일생에서 진정한 사랑을 주고받은 유희경이야말로 가장 소중한 존재였지만, 허균 또한 계랑에게는 정신적 연인이었으며 계랑이 죽기 전까지 크나큰 영향을 준 인물이었다. 허균은 계랑의 시와 노래를 아꼈고, 계랑은 허균의 자유분방한 사상과 행동에 매력을 느꼈다.

당시 조선의 여인 가운데 시와 서예, 거문고 솜씨가 최고라는 계랑. 최초의 한글 소설 《홍길동전》을 쓴 당대 최고의 문장가 허균. 두 사람이 처음 만난 것은 허균이 서른세 살, 계랑이 스물아홉 살이었던 1601년 7월 23일이었다. 허균이 충청도와 전라도의 세금을 거둬들이는 해운판관으로 호남에 내려와 부안에 들렀다가 그녀를 만나게 된다. 허균은 그때의 일을 "얼굴은 비록 뛰어나지 못했지만, 재주와 정취가 있어 함께 얘기를 나눌 만했다. 온종일 술을 나누어 마시고 서로 시를 주고받았다."라고 일기에 적었다. 허균은 계랑의 재주에 매료되어 10년 동안 사귀었지만 육체적 관계는 피한다.

허균은 남녀 관계에서 유교의 굴레를 벗어던진 사람이었다. 그는 일찍이 "남녀의 정욕은 본능이고, 예법에 따라 행하는 것은 성인이다. 나는 본능을 좇고 감히 성인을 따르지 아니하리라."라고 말했다. 여행할 때마다 잠자리를 같이한 기생들의 이름을 기행문에 버젓이 적어놓기도 하였다. 부안에 오기 전인 1599년 황해도사(종5품)로 있을 때도 서울에서 창기들을 데려다 놀면서 물의를 일으켜 사헌부의 탄핵을 받고 파직되었다. 그러한 그가 계랑과 잠자리를 같이하지 않고 정신적인 교감만 나눈 것은 비록 천한 기생이지만 똑같은 인간으로서 대우하였고, 그녀의 시를 각별히 아끼고 사랑했기 때문이었다.

계랑이 36세 때 허균은 공주목사로 있다가 파직당하여 부안의 우반동에 은거하고 있었다. 계랑과 허균은 시를 주고받으며 정신적인 교감을 계속 이어갔다. 몇 달 후 다시 서울로 떠난 허균은 1609년 9월 계랑에게 다음과 같은 편지를 보냈다.

"봉래산의 가을빛이 한창 짙어가니 돌아가고픈 생각이 문득문득 난다오. 그대는 내가 산림으로 돌아가겠다는 맹서를 저버렸다고 마땅히 비웃을 거외다. 당시에 만약 한 생각이라도 어긋났다면 나와 그대의 사귐이 어찌 10년 동안이나 끈끈하게 이어질 수 있었겠소? …… 어느 때나 마음의 말을 다 털어놓을지. 편지지를 대할 때마다 서글퍼진다오."

이 편지에서 허균은 부안으로 다시 돌아오겠다고 맹세했지만 그 약속을 지키지 못한 자신을 부끄러워하면서, 정욕을 초월한 사랑이었기에 오랫동안 우정을 이어갈 수 있었다고 말하고 있다.

1610년 6월 초, 허균은 계랑이 죽었다는 소리를 듣고 눈물을 흘리며 추도시를 썼다.

아름다운 글귀는 비단을 펴는 듯하고

맑은 노래는 구름도 멈추게 했네

복숭아를 훔쳐 먹고 이 세상에 내려오더니

불사약을 훔쳐서 인간 무리를 두고 떠났네

부용 꽃 휘장에 등불은 희미한데

비취색 치마에 향기 아직 남았네

내년에 복사꽃 필 때쯤이면

설도의 무덤을 그 누가 찾을는지

★ 허균, 〈계랑의 죽음을 슬퍼하며〉

허균은 계랑의 죽음을 슬퍼하며 선녀가 인간 세상에 내려왔다
가 하늘로 올라갔다고 묘사했다. 설도는 당나라의 유명한 기생이다.
유희경, 허균과 시를 주고받았던 계랑이 중국 당나라 때 원진, 백거
이 등과 시를 주고받았던 여류 시인 설도와 같다는 말이다.

계랑은 부안읍 남쪽에 있는 봉덕리 공동묘지에 그녀와 동고동
락했던 거문고와 함께 묻혔다. 계랑이 죽은 지 45년 만인 1655년에
무덤 앞에 비석이 세워졌다. 기생의 무덤에 비를 세운다는 것은 당
시로써는 파격적인 일이었는데, 계랑의 시를 사랑하는 사람들이 그
만큼 많았다는 것을 말해준다. 그로부터 다시 13년 뒤인 1668년 10

월, 그녀가 지은 시 수백 편 중 고을 사람들이 외워 전해오던 58편을 부안 아전들이 모아 목판에 새긴 후 개암사에서 《매창집》으로 간행하였다. 사람들이 하도 이 시집을 찍어달라고 하여 절의 재정이 바닥날 지경이었다. 그래서 목판을 불살랐다는 이야기가 전해올 만큼 부안 사람들은 계량의 시를 사랑했다. 《매창집》 원본은 미국 하버드 대학 도서관에 한 권, 간송미술관에 두 권이 소장되어 있다.

계량의 묘비는 오랜 세월이 지나면서 비석의 글자가 마멸되어 1917년에 부안 시인들의 모임인 부풍시사에서 높이 4척인 비석을 다시 세웠다. 그전까지는 마을 나무꾼들이 서로 벌초를 해오며 무덤을 돌보았다. 가극단이나 유랑극단이 부안 읍내에 들어와 공연할 때에도 그들은 먼저 계량의 무덤을 찾아 한바탕 굿을 벌이며 시인을 기렸다. 지금도 부안 사람들은 매년 음력 4월 5일에 매창제를 지내고 있다.

400여 년 동안 부안 사람들의 사랑을 받아온 계량의 묘소가 있는 곳은 '매창이뜸' 또는 '매창뜸'이라고 불린다. 2001년 부안군에서 이 일대에 매창공원을 조성하였다. 매창공원은 우리나라에서 최초로 여자의 이름을 따 명명한 공원이다.

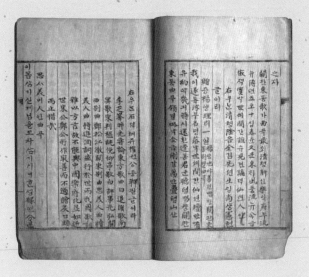

1728년 김천택이 편찬한 가집 《청구영언靑丘永言》.
황진이와 계랑의 작품들을 비롯해
구전으로만 읊어지던 우리 노래들을 모아 편찬했다.

2

시인의 삶
Life

나 하늘로 돌아가리라.

아름다운 이 세상 소풍 끝내는 날,

가서, 아름다웠더라고 말하리라······.

● 〈귀천〉 중

무욕의 삶이 빚어낸
아름다운 시 세계

명함에 '대한민국 김관식' 이라고 새겨서 가지고 다녔으며, 술에 취하면 자신보다 각각 19년, 21년 연상인 서정주와 김동리를 '서 군', '김 군' 이라고 외치던 김관식. 허무를 견디지 못해 바닷물에 빠져 죽으려고 허리에 돌멩이까지 두르고 제주행 배를 탔지만 자신이 좋아하는 술이나 실컷 먹고 죽자며 술을 마시다 취해버리는 바람에 죽을 기회를 잃어버리고 제주도에 닿아 뜻하지 않게 살아버리고 말았던 고은. 사람들은 천상병과 함께 이들을 한국 문단의 3대 기인이라고 불렀다.

1930년 일본에서 태어난 천상병은 중학교 2학년 때 해방이 되자 부모를 따라 귀국하였다. 그는 1949년 마산중학교 5학년(지금의 고등학교 2학년) 때 담임교사인 김춘수 시인에게 시를 배우고 첫 작품을 발표한다.

천상병은 대학에 갈 때 엉뚱한 방법으로 학과를 결정한다. 그는 시인으로 등단했으니 문과에 갈 필요가 없다고 생각했다. 그래서 종이비행기에 문과를 제외한 학과를 모두 적어 날린 다음에 가장 멀리 날아간 비행기에 적힌 과를 선택했다. 그렇게 해서 천상병은 1951년 서울대학교 상과대학에 입학한다. 당시에 그는 시도 잘 쓰고 외국어도 몇 개 할 수 있었다. 시인들이 모이는 곳에선 늘 천상병이 입에 오르내렸다. 1954년에 천상병은 "시인이면 그만이지 학력이 무슨 소용이냐?"라며 4학년 2학기 등록을 하지 않고 자퇴한다.

술을 벗 삼아 살았던 천상병은 재미있는 일화를 많이 남겼다.

소설가 한무숙은 대학에 다니면서 시, 소설을 쓰는 후배들을 자주 초대해 음식을 차려 주었다. 때로는 그들 모르게 찻값을 주머니에 넣어 주기도 하고, 밤이 늦으면 잠을 재워 보내기도 했다.

어느 날 한무숙의 초청을 받고 세 사람이 모였다. 한 사람은 돌아갔고 두 사람은 거기서 자게 되었다. 잠이 들었다가 새벽에 일어난 천상병이 물을 찾다 보니 화장대 위에 작은 양주병이 하나 있었다. 문득 술 생각이 나서 병을 들어 단숨에 마시고 말았다. 그런데 알고 보니 양주병이 아니라 향수병이었다. 병원에서 그의 위를 세척한 의

사가 "환자의 입과 코에서 숨을 쉴 때마다 향수 냄새가 난다."라고 말했다.

천상병은 아는 사람을 만나면 손바닥을 내보인다. 그가 손바닥을 상대에게 보여주는 것은 애정의 표시다. 손바닥을 보여준 대가로 부르는 가격은 사람에 따라 다르다. 그것은 상대방의 평균 주머니 사정에 따라 정해진다. 최하로는 막걸리 한 잔 값에서 최고로는 열 잔 값이었다. 천상병 시인이 생각하기에 그 정도면 상대에게 부담을 주지 않을 만한 액수였다. 전업시인으로 살아가던 신경림❷에게는 "이백 원만." 하더니 어느 날 갑자기 "오늘부턴 오백 원 줘." 하며 손을 내밀더란다. 무슨 이유로 올려 받기로 했느냐고 물어보자 천상병은 이렇게 말했다. "요즘 물가가 너무 올랐단 말이야."

천상병은 글도 잘 쓰지만 말도 잘하고 재치와 유머가 넘쳐 남한테 얻어먹는 술자리에서도 주인 행세를 하였다. 몸도 튼튼해서 아무리 술을 마셔도 탈이 없었고, 어느 때 어느 자리에서건 밥을 남기는 법 없이 긁어 먹었다. 매일 술을 마시고 아무 데나 묻어가 자면서도 쓸 글은 다 쓰는 그를 두고 친구들은 속이 무쇠로 된 사람이라고 말했다. 하지만 이것은 그가 1967년 동백림 사건에 연루되어 잡혀가기 이전의 모습이다.

동백림(동베를린) 사건은 1967년 7월 8일, 중앙정보부에서 발표한 간첩단 사건이다. 당시 중앙정보부는 대한민국에서 독일과 프랑스로 건너간, 194명에 이르는 유학생과 교민 등이 동베를린의 북한 대사관과 평양을 드나들고 교육을 받으며 간첩 활동을 했다고 주장하였다. 중앙정보부가 간첩으로 지목한 인물 중에는 유럽에서 활동하고 있던 작곡가 윤이상과 화가 이응로가 포함되어 있었다.

이때 천상병의 친구로 서울대 상대 동기생인 강빈구도 간첩 혐의로 기소되었다. 그는 독일(통일 전 서독) 유학을 마치고 와서 서울대학교에 전임 교수로 있었는데 천상병과 자주 어울렸다. 강빈구는 은행가의 아들로 돈 씀씀이가 좋아서 대학 시절부터 천상병이 하숙비도 얻어 쓰는 사이였다. 천상병을 특별히 좋아하고 믿어서 숨기는 것이 없는 그는 어느 날 술자리에서 동베를린에 다녀왔다고 자랑했다. 천상병은 강빈구한테도 다른 사람들에게 그랬던 것처럼 막걸리 값으로 오백 원에서 천 원씩 받았다. 이런 일들이 중앙정보부 자료에는 천상병이 강빈구가 간첩인 줄 알면서도 돈을 받고 수사기관에 신고하지 않은 것으로 둔갑했다. 천상병의 죄명은 반공법상 불고지죄와 형사법상 공갈죄였다. 친구가 북한의 간첩이라는 사실을 알면서도 신고하지 않아서 불고지죄를 범했다는 것이다. 또 절친한 친구를 간첩으로 신고하겠다고 협박해서 일주일에 한두 번 술값으로 100원 또는 500원씩, 2년 동안 모두 3만여 원을 뜯어냈다는 것이다.

천상병은 중앙정보부에 끌려가 세 달 동안 물고문과 성기에 전기 충격을 가하는 고문을 당한다. 결국 그는 전기 고문 세 번으로 자식을 가질 수 없는 몸이 되었다. 중앙정보부 지하실에서 풀려난 천상병은 다시 세 달 동안 교도소에 갇혀 있다가 재판을 받고 집행유예로 나왔다.

천상병은 6개월간 모진 고문을 받아 거의 폐인이 되어 출소했다. 그 총명하던 재주도 언어도 어눌해지기 시작했다. 동백림 사건이전에 천상병은 독설로 곧잘 선배 문인들을 골탕 먹이는 날카로운신예 비평가였다. 시도 쓰고 비평문도 쓰고 짧은 번역도 해서 더러는 친구들 밥값이며 술값을 내기도 했다. 하지만 감옥살이를 하고나온 뒤로 그는 사람이 달라졌다. 신경림 시인은 당시의 천상병 시인에 대해 술은 여전했으나 가끔 정신이 오락가락한다는 느낌이 들었다고 회상했다.

목순옥의 오빠 목순복은 천상병의 친구였다. 목순옥은 여고 2학년 때 오빠 소개로 명동의 갈채다방에서 천상병을 처음 만났다. 두사람은 곧 스스럼없는 사이가 된다. 천상병은 목순옥을 친동생처럼데리고 다녔다. 연극이나 영화 표가 생기면 함께 구경했고 빈털터리가 되면 목순옥에게 차비를 받기도 했다. 이때까지만 해도 목순옥은별다른 감정이 없었다. 동백림 사건이 터지고 천상병이 실종되었을때 비로소 그를 그리워한다는 사실을 깨달았다고 한다. 그가 감옥에있는 동안 목순옥은 일주일에 두 번씩 빠짐없이 면회를 갔다.

천상병은 고문의 후유증에다 잦은 폭음으로 건강이 엉망이 되어서 부산의 형님 댁에 내려갔다가 1년 만에 서울로 돌아왔다. 서울에 도착하자마자 목순옥을 찾아왔는데 얼굴이 까맣게 변해 있었다. 커피숍에서 문학 이야기를 하다 내일 보자며 헤어졌는데, 그날 갑자기 천상병이 사라졌다.

목순옥과 헤어진 날 밤에 술에 취해서 거리에 쓰러져 있는 그를 경찰이 발견했다. 자신을 시인 천상병이라 말하면서도 시를 한 줄도 못 외우는 것이 경찰로서는 너무 이상했다. 대소변조차 가리지 못하는 그를 경찰은 행려병자로 간주하여 서울시립정신병원에 입원시켰다. 천상병은 반쯤 넋이 나간 상태로 1971년 여름부터 몇 달 동안 입원해 있었다.

그가 보이지 않자 친구들이 여기저기 수소문하며 찾아보았지만 허사였다. 친구들은 천상병이 길에서 쓰러져 죽었다고 여겨 그의 작품들을 모아 유고 시집《새》를 발간하였다. 천상병은 살아 있으면서 유고 시집을 낸 유일무이한 시인이 되었다. 담당 의사는 이 유고 시집을 소개하는 신문 기사를 보고 자신이 돌보는 환자가 천상병이라는 것을 알게 되어 친구들에게 연락해주었다.

목순옥은 천상병이 실종 기간 내내 병원에 있었다는 소식을 듣고 곧바로 그를 찾아간다. 그녀가 매일 병문안을 하며 간호한 덕분에 고문의 충격과 술병으로 40킬로그램까지 빠졌던 천상병의 몸무게는 60킬로그램으로 불어났다. 시립병원장 김광해(담당 의사)는 목순옥이 천상병 시인을 헌신적으로 돌보는 모습을 지켜보고, "저 사람이 글을 쓰고 못 쓰고는 당신에게 달렸습니다. 두 분이 결혼하면 어떨까요?"라고 권유한다. 그때 목순옥은 천상병과 결혼할 결심을 한다. 나중에 목순옥은 "가진 것은 병과 가난밖에 없는 남자, 그것도 철없는 아이 같은 남자와 왜 결혼할 생각을 하셨습니까?"라는 질문에 "다시 만났을 때 고문 후유증으로 기저귀를 차고 있었는데 대소변을 못 가리는 것도 하나도 힘들지 않고, 그의 시만큼 그의 성정도 정말 맑고 천진한 사람이어서 미워할 수가 없었어요. 그냥 제가 돌봐드려야겠다는 마음이 들더라고요."라고 대답했다.

마흔세 살의 노총각 천상병과 서른여섯 살의 노처녀 목순옥은 1972년 5월 14일에 김동리의 주례로 결혼식을 올린다. 술과 담배, 친구를 좋아하는 천상병의 성품은 의식주를 해결하는 데 아무런 도움이 되지 않았다. 살림 형편이 어려워져 생계 걱정을 할 때 천상병의 친구인 강태열 시인이 300만 원을 빌려줘서 인사동 골목에 '귀천'이란 찻집을 열었다. 천상병 시인의 작품 제목을 따서 이름을 지은 '귀천'은 예술인, 작가, 언론인, 지식인들이 즐겨 찾는 명소가 되었다.

천상병과 목순옥의 결혼 생활은 그가 1970년에 쓴 시 〈귀천〉의 아름다운 소풍을 떠올리게 한다.

남편과 사별할 때까지 21년간 부부였지만 천상병은 목순옥에겐 아기였고 천사였다. 매일 아침 세수시키고 손발톱도 깎아주고 목욕을 시켜주면서도 고통스럽다기보다는 자신에게 온전히 의지하는 사람이 있다는 것, 모든 것을 다 바칠 대상이 있다는 게 행복했다.

1988년 천상병은 간경화증이 악화되어 친구가 의사로 근무하는 춘천의료원에 입원하는데 회복할 가망이 전혀 없다는 얘기를 듣는다. 목순옥은 병원에서 천상병에게 아침을 먹이고 서울로 돌아와 찻집 일을 마치면 다시 춘천으로 향했다. 서울과 춘천을 오가는 차 안에서 목순옥은 매일 기도했다. '5년만 더 살게 해주세요. 딱 5년만요.' 천상병은 거짓말처럼 병을 털고 일어나더니 정확히 5년 뒤에 다시 거짓말처럼 세상을 떠났다.

천상병의 장모는 장례 때 받은 조의금 840여만 원을 어디에 둘지 몰라 고민하다가 아궁이에 숨긴다. 그곳에 숨겨두면 도둑이 훔쳐갈 수 없다고 생각했기 때문이다. 그때는 바로 여름이 그다지 멀지 않은 4월 말이었다. 그런데 목순옥은 하늘나라로 간 남편이 추울까 봐 아궁이에 불을 지폈다. 다음 날 아침에 천상병 시인의 장모는 돈이 잘 있나 확인하려고 부엌으로 가서 아궁이를 뒤적였다. 거기에는 불에 탄 돈 쪼가리 흔적만 남아 있었다. 한동안 넋을 잃고 있던 두 사람은 곰곰이 생각한 끝에 타다 남은 돈 쪼가리와 재를 긁어모아 한국은행으로 갔다. 한국은행에서는 실수로 조의금이 불에 탄 사실을 인정해 400여만 원을 되돌려주었다. 그렇게 마지막 순간까지도 무욕을 얘기하듯이 이 세상을 떠나면서 천상병 시인은 우리에게 아름다운 시 〈귀천〉을 선물로 남겨주었다.

나 하늘로 돌아가리라.
새벽빛 와 닿으면 스러지는
이슬 더불어 손에 손을 잡고,

나 하늘로 돌아가리라.
노을빛 함께 단둘이서
기슭에서 놀다가 구름 손짓하면은,

나 하늘로 돌아가리라.
아름다운 이 세상 소풍 끝내는 날,
가서, 아름다웠더라고 말하리라…….

★ 천상병, 〈귀천〉

'나 하늘로 돌아가리라'에서 시인은 생명을 빼앗기거나 잃은 것
이 아니라 스스로 생명을 다른 곳으로 옮겨놓은 것으로 표현했다.
또한 인생은 아름다운 세상으로 소풍 온 것과 같다고 하였다. 〈귀천〉
은 어린아이와 같은 순수함을 지닌 천상병 시인이 아니고서는 쓰기
어려운 시이다.

오철수는 《시가 사는 마을》에서 이 시를 이렇게 말하고 있다.

"저는 이 시를 읽으며 무욕의 삶이 빚어낸 아름다운 시 세계를 느꼈습니다. 어쩌면 삶 자체가 욕심덩어리일지도 모르는 일이죠. 그래서 그 욕심을 하나둘 버릴 때 사람은 점점 순수해지고 맑아지고, 나와 세계의 거리는 점점 투명해져 그 자체로 아름다운 것이 되나봅니다. 이 시에서처럼 인간에게 가장 힘든 고통이라는 죽음마저도 소풍쯤의 거리로 되어버리니 말입니다."

1993년 4월 28일, 천상병 시인이 이 세상 소풍을 끝내고 하늘로 돌아가던 그날은 뿌연 안개 속에 찬비가 내렸다.

❶ **천상병은 자신과** 마찬가지로 시를 사랑하고 술을 무척 좋아했던 김관식의 집에 자주 드나들었다. 어려서 신동으로 불리며 시 1천 수를 줄줄 외웠던 김관식은 한학에도 밝아 시의 세계가 깊고 그윽하다는 평을 들었다. 육당 최남선이 제자로 받아들이면서 천재성을 인정받았던 김관식은 어려서부터 한학과 서예를 익히고 성리학과 동양학을 배웠다. 1968년에는 '사서삼경' 중 가장 어렵다는 《서경》을 완역 출판했다. 한학자로서 뛰어난 한문 실력을 발휘했던 김관식은 문단에서는 기이한 행동을 일삼는 괴짜 시인으로 통했다.

김관식은 17세 때 《현대문학》에 추천을 받기 위해 미당 서정주의 집에 드나들었다. 어느 날 미당의 처제 방옥례를 본 김관식은 첫눈에 반해 청혼한다. 은행원이었던 방옥례는 처음에는 김관식의 청혼을 거절했으나 3년 동안의 끈질긴 구애와 '결혼해주지 않으면 죽어버리겠다.' 는 협박에 못 이겨 결혼에 응한다. 1954년 1월 1일 최남선의 주례로 부부가 됐을 때 김관식은 스물, 방옥례는 스물넷이었다.

김관식은 스무 살 때부터 고등학교에서 학생들을 가르쳤다. 다른 과목은 모두 낙제점인 학생에게 그가 가르치던 국어 점수만은 99점을 준 적이 있었다. 이를 알게 된 교장이 그를 불러 이유를 따지고 선생의 자율적 의사에 반하는 행위를 강요하자 그는 말없이 학교 앞 텃밭으로 가서 무를 몇 개 뽑아 안주 삼아 소주를 마셨다. 이윽고 크게 취한 김관식은 교장실로 주저 없이 걸어가 교장이 집무하는 탁자 위에다 구토물을 쏟아놓았다. 그러고는 두 눈을 부라리며 외쳤다. "일찍이 내 양심에 벗어나는 일을 나는 한 적이 없소. 그런 나에게 이런 모욕을……." 기가 질린 교장은 이후 김관식의 결정에 관해서는 한마디 말도 하지 않았다. 무를 안주 삼은 이유는 그걸 먹고 토하면 냄새가 아주 지독하기 그지없었기 때문이란다.

김관식은 자신의 나이를 열 살이나 올려 말하는 버릇이 있었다. 사석이나 술자리에서만이 아니라 쓴 책의 약력 소개란에도 그는 1934년인 출생연도를 1924년이라 적었다. 그는 당시 문단에서 존경과 흠모를 한 몸에 받는 평론가 조연현과 백철 등에게 반말을 쓴 거의 유일한 사람이었다. 게다가 1960년대 초반 월탄 박종화가 참가한 문학상 시상식에서 월탄의 축사가 길어지자 "어이, 박 군 자네 이야기가 너무 길어. 나도 한마디 하겠으니 이제 그만 내려오지."라고 큰 소리로 외쳐 시상식장을 일순간 긴장과 웃음이 교차하게 한 일은 전설로 남아 있다. 그러나 그는 후배들에게 깍듯이 예의를 지키며 존칭을 썼고, 자신이 가난한데도 더 가난한 후배 시인들을 챙기는 데 게으르지 않았다.

한 번은 괴짜 시인들이 명동의 허름한 대폿집에서 해후하였다. 김관식, 천상병, 이현우, 한하운이었다. 한국 문단의 2대 기인과 거지 시인, 문둥이 시인이 만난 것이다. 그들은 부어라 마셔라 하면서 왁자지껄하게 술을 퍼마셨다. 술이 오르자 김관식은 장단에 맞추어 변강쇠타령을 불렀다. 이현우는 장타령, 품바타령을 했다. 천상병은 음치 중의 음치였다. 그러면서도 동요를 유치원 원생처럼 천

106 시인의 삶 Life

진난만하게 불러 사람들을 웃겼다.

"야, 문둥이, 니 좀 해보라니께."

김관식이 한하운에게 노래하라고 재촉했다. 한하운은 〈신라의 달밤〉과 〈솔 베지 송〉을 멋들어지게 열창하였다. 노래가 끝나자 김관식이 말했다.

"와! 뚝배기보다 장맛이라더니, 문둥이 주제에 노래는 기맥히게 잘한다니께. 니가 문둥이 됐기에 망정이지 안 그러면 숱한 여자들을 울렸을 것이여. 문둥이 된 게 잘됐다니께."

"야, 이 문디 자슥 고마 시끄럽다. 니는 뭐이 잘났노. 생긴 것이 꼭 소도둑놈 처럼 생겨갖고 천둥에 도깨비 날뛰듯 해쌌노."

"야, 상병이 너 증말로 말 다한 겨? 내사 얼굴은 관옥 같고 풍채는 두목지여. 늬들 메줏덩이와는 달라도 한참 달라. 그런데 내 거튼 미남더러 뭐이 어쩌고 어째?"

"문디 자슥 지랄하고 자빠졌네. 니까짓 게 미남이여? 삶은 개대가리가 웃겠 다."

"상병이 니 내가 성님두 한창 성님인디 그게 뭔 말버릇이여, 당장 취소혀. 안 그러면 내가 당장 버릇을 갈쳐놀 텡께……."

"이거 왜들 이러시오, 존 술 먹고……."

"야아, 문디 니는 가만 있거라."

"자꾸만 문둥이, 문둥이 하고 입에 올리지 마쇼. 이거 서러워서 살겠나."

한하운이 뾰루퉁한 소리를 내뱉자 이현우가 한하운에게 말했다.

"보라꼬 하운이, 우리 경상도에서는 문디라 카는 기 알고보모 욕이 아잉기라. 요즘 말로 옮기자면…….'

"거지 주제에 아는 체하지 마."

"문둥아, 니 시 한 수 읊어봐라. 느네 큰 성님헌티."

김관식은 늘 자기의 나이를 10년씩이나 올려 말하는 버릇이 있었다. 한하운보다 나이가 다섯 살이나 아래였지만 형님으로 자처하는 것이었다.

"관식이 니 돈은 있나?"

거지인 이현우가 물었다.

"거지 새낀 오나가나 티를 낸다니께. 술맛 떨어지게. 말이믄 돈이고, 돈이면 술이지…….'

곤드레만드레 마시다가 먼저 천상병이 소변본다고 들락거리더니 안 돌아왔다. 인사불성이 되도록 꽥꽥 소리를 지르던 김관식도 밖으로 나간 후 돌아오지 않았다. 한하운은 주머니를 몽땅 털었으나 술값이 모자랐다. 단골집이라서 외상을 했다. 이현우는 먹다가 남은 순대며 술병들을 주섬주섬 비닐봉지에 싸서 넣더니 구렁이 담 넘어가듯 어디론가 꼬리를 감추었다.

신경림 시인이 《못난 놈은 얼굴만 봐도 흥겹다》에서 밝힌 김관식의 일화도 흥미롭다.

'내가 김관식 시인을 따라다니다가 아주 난처한 꼴을 당한 일이 한 번 더 있다. 서울서 맞는 첫 설이었다. 역시 그날은 내가 그를 찾아갔던 것으로 기억된다. 마침 잘 왔다면서 함께 세배를 가자고 했다.

첫 행선지를 조지훈 시인 댁으로 정한 것도 그였다. '미당 선생은 내 형님이지만 첫 세배를 미당한테야 할 수 없지. 지훈 선생한테 먼저 가야지.' 한학에 조예가 깊은 그는 본디 지조를 가장 높은 덕목으로 쳤던 터였다. 이렇게 해서 성북동의 조지훈 시인 댁에 가서 밤늦도록 술을 마신 것까지는 좋았는데 다음이 문제였다. 마포의 서정주 시인 댁으로 옮겨 가기 위해서 나와 보니 눈이 발목을 덮을 만큼 쌓여 있었다. 택시를 탔는데 그는 양말 발이었다. '나는 방으로 들어오는 줄 알고 신을 벗었는데 아직도 택시 속이구먼.' 택시를 타면서 신을 눈 위에 벗어 놓고 올라온 것이었다.

이렇게 해서 미당 댁에 세배를 드리고 술 한 잔을 하게 되었는데 김 시인이 양말이 젖은 이유를 설명하자 미당이 술 좀 작작하라고 타일렀던 것 같다. 이 말에 비위가 상한 그가 삐딱하게 나갔다. '첫 세배를 형님한테 할 수는 없지 않습니까! 행적으로 보아서도 말이지요. 그래서 지훈 선생한테 먼저 세배하고 오는 길입니다.' 막걸리가 담긴 술 주전자가 날아와 그의 머리를 길겼다. '이놈을 당장 개똥 떠다 버리듯 삽으로 떠다 버리거라.' 미당은 노발대발했다. 그리고 내게도 충고를 잊지 않았다. '미친놈 따라다니다가는 똑같은 미친놈 되니까 저런 놈은 아예 상종을 말게.' 그래도 미당이 그를 미워하지는 않았던 모양이다. 그해 여름 나는 그의 집에서 나와 시장 가까이에 사글셋방을 얻어 살고 있었는데, 아내와 함께 닭이나 과일을 사 들고 병석에 누워 있는 김관식 시인을 찾아가는 미당을 두어 번 본 일이 있다."

술로 병을 얻은 김관식은 1970년 8월 30일, 서른일곱의 나이에 요절했다.

❷ 한국 문단의 3대 기인 중에서도 단연 쌍벽이라 할 수 있는 천
상병, 김관식 시인과 깊이 교류했던 신경림 시인은 남을 위해 자청해서 쓴 시가
거의 없다. 그런데 한 젊은이의 결혼을 축하하며 〈가난한 사랑 노래〉와 〈너희 사
랑〉이라는 시 두 편을 썼다. 신경림은 〈세상에서 가장 아름다운 사랑〉에서 두 작
품에 얽힌 사연을 이렇게 소개하고 있다.

"길음동 산동네에 살 때였다. 당시 나는 자주 들르던 집 근처 술집에서 가난
한 젊은 노동자와 알게 되었다. 이런저런 세상살이 이야기를 나눌 수 있는, 세상
의 모순과 억압에 대해 용기 있게 맞설 수 있는 강단을 지닌 청년이면서도 가난
과 많이 배우지 못한 것을 못내 부끄러워하던 순박한 청년으로 기억된다. 그런데
청년에게는 큰 고민이 하나 있었다. 바로 단골 술집의 딸과 사랑하는 사이였는
데, 문제는 그가 너무 가난한 것이었다. 여자의 부모로서는 가진 것 하나 없는 가
난한 노동자를 사위로 선뜻 맞을 생각이 없었으리라. 청년과 여자는 헤어지고 다
시 만나기를 이미 여러 번째였다.

나는 고민을 털어놓으며 괴로워하는 청년에게 모든 난관을 극복하고 결혼하
게 된다면 주례도 해주고, 둘을 위한 축시도 써주마 흔쾌히 약속했다. 그리고 다
행스럽게도 둘은 결혼식을 올릴 수 있었다. 그때 내가 약속대로 그들을 위해 쓴
축시가 바로 〈너희 사랑〉이다.

그렇게 어렵사리 치러지게 된 결혼식이었으나 마냥 화기애애할 수만은 없었다. 당시 청년은 노동운동으로 지명수배를 받던 처지였기에 어쩔 수 없이 어느 건물의 비좁고 허름한 지하실을 빌려 결혼식을 치를 수밖에 없었던 것이다. 겨우 열댓 명 남짓의 축하객이 모여 조촐하게 치른 결혼식은 자못 감동적이었다. 그래서 집으로 돌아와 곧장 〈가난한 사랑 노래〉 한 편을 더 썼다. 당시의 그 젊은이들은 지금은 중년이 되어 넉넉하지는 않지만 행복하게 살고 있다."

한번은 신경림 시인이 경상북도의 한 중학교를 찾아간 적이 있었다. 그 학교의 전교조 교사들을 격려하기 위한 방문이었다. 신경림과 이야기를 나누던 교사들이 재미있는 제안을 했다. 참고서에 나오는 국어 시험문제를 풀어보라는 것이었다. 그것도 신경림의 작품 〈가난한 사랑 노래〉에 관한 문제들이었다.

'가난하다고 해서 외로움을 모르겠는가 / 너와 헤어져 돌아오는 / 눈 쌓인 골목길에 새파랗게 달빛이 쏟아지는데' 로 시작하는 시에 대한 객관식 문제 열 개를 신경림이 즉석에서 풀었다. 결과는 겨우 30점. 세 문제밖에 맞히지 못한 것이다.

'아마존 수족관 열대어들이 / 유리벽에 끼어 헤엄치는 여름밤' 이라고 시작하는 최승호의 〈아마존 수족관〉도 2004년 수능 모의고사에 세 문제가 나왔다. 최승호가 풀어봤더니 빵점이었다. 그는 "나도 생각하지 못한 정답이 어떻게 나오는지 정말 궁금하다." 라고 했다.

강호에 봄이 찾아오니 깊은 흥이 절로 난다.

막걸리를 마시며 노는 시냇가에

싱싱한 물고기가 안주로다.

이 몸이 이렇듯 한가하게 지내는 것도 역시

임금의 은혜이시도다.

● 〈강호사시가〉 중

소를 타고 피리를 부는
정승을 보았는공?

최영 장군이 낮잠을 자다가 용이 배나무에서 하늘로 올라가는 꿈을
꾸었다. 깜짝 놀라 잠에서 깨어보니 동네 아이들이 집 앞의 배나무
에 올라가서 배를 따고 있었다. 배 서리하다 들키자 다른 아이들은
모두 도망을 쳤는데 한 아이가 정중히 사죄하는 것이었다. 최영 장
군은 아이의 의젓한 모습을 보고 감동하여 훗날 손녀의 배필로 맞아
들인다. 그 아이가 바로 청백리(재물에 대한 욕심이 없이 곧고 깨끗한 관리)로 유
명한 고불 맹사성이다.

　맹사성은 성품이 인자하고 소탈하여 벼슬이 낮은 사람이 찾아
와도 반드시 옷을 갖춰 입고 대문 밖까지 나가 맞아들였고 배웅할 때

에도 손님이 말을 탄 뒤에야 들어왔다. 또한 나들이할 때는 수수한 옷차림으로 소에 올라타서 느긋하게 가기를 좋아하였기에 그가 재상이라는 걸 몰라보는 사람이 많았다.

맹사성이 우의정으로 재임하고 있던 어느 날 한식이 되어 온양의 산소에 성묘를 갔다가 한양에 오르는 길이었다. 그날도 변함없이 허름한 옷을 입고 검은 소를 타고 가는 행색이 영락없는 시골 늙은이의 모습이었다. 느릿느릿 소걸음으로 용인을 지나고 있는데 갑자기 비가 내리기 시작했다. 맹사성은 비를 피하려고 근처의 마을 어귀에 있는 주막으로 급히 들어섰다. 주모의 안내를 받아 주막집의 방 안으로 들어가자 이미 아랫목에는 한 젊은이가 하인들과 함께 앉아 있었다. 한참 기다려도 비가 그치지 않자 젊은이는 지루한지 "영감님, 저랑 장기나 한 판 두시지요." 하며 말을 걸었다. '심심하던 터에 마침 잘되었군.' 하는 표정으로 장기판을 받은 맹사성은 잇따라 여러 판을 이겼고 젊은이는 부아가 치밀어 올랐다. 젊은이는 '행색을 보아하니 무식한 시골 영감 같은데 한번 놀려주어야겠다.' 하는 생각으로 맹사성에게 말을 꺼냈다.

"거, 노인장 우리 심심한데 공당 놀음이나 한번 합시다."

연거푸 장기를 이긴 게 미안해서 맹사성은 흔쾌히 응한다.

"그럼 묻는 말끝에 노인장이 공公을 붙이시구려. 그러면 제가 대답하는 말끝에 당堂을 붙이겠소." 하고 젊은이가 건넨 말을 들어보니 이건 은근히 자신을 놀리는 놀이가 아닌가. 그래도 맹사성은 빙긋이 웃으며 먼저 질문을 던졌다.

"그래, 젊은이는 지금 어디로 가는공?"

젊은이가 킬킬대며 맞받았다.

"한양에 벼슬하러 간당!"

"그럼 벼슬자리 내어줄 사람이라도 있는공?"

"없당!"

"그럼 내가 한자리 마련해주면 어떻겠는공?"

"하하…… 바라지도 않는당."

얘기가 여기까지 흘러오자 젊은이와 하인들은 뒤집어질 듯이 웃어댔다.

그러는 사이에 어느덧 날이 개어 두 사람은 각자의 방향으로 길을 떠났다. 그 후 치러진 과거시험에 합격한 젊은이는 녹사에 임명되어 재상들에게 인사를 드리러 갔다. 그 자리에 있던 맹사성이 가만히 보니 지난날 주막에서 만난 젊은이였다. 고개를 숙이고 있던 젊은이는 미처 맹사성의 얼굴을 알아볼 수가 없었다. 맹사성은 젊은이가 매우 반가워 미소를 지으면서 물었다.

"그래, 시험은 잘 보았는공?"

귀에 익은 말투와 목소리에 놀라서 고개를 들어보니 주막에서 만났던 시골 영감이 관복을 입고 우의정의 자리에 앉아 있는 것이 아닌가.

"자…… 잘 보았당."

젊은이의 대답에 놀란 것은 오히려 주위 사람들이었다. 다른 재상들이 의아해하는 가운데 맹사성의 물음이 이어졌다.

"그래, 과거에 급제한 기분은 어떠한공?"

젊은이가 어찌 달리 할 말이 있겠는가. 한참 주저하던 젊은이는 머리를 땅에 묻으며 대답했다.

"주…… 죽고만 싶당."

맹사성이 난처해하는 젊은이를 달래어주며, 주막에서 있었던 일을 재상들에게 말해주자 모두 한바탕 웃음을 터뜨렸다.

효성이 지극한 맹사성은 충청도 온양에 사는 아버지에게 자주 문안을 갔다. 한양에서 온양으로 가려면 경기도 이천의 장호원을 거쳐야 한다. 장호원의 진위 현감은 맹사성이 지나갈 것이라는 소문을 듣고 온양으로 가는 길목에서 대기하고 있었다. 맹사성에게 남몰래 후한 대접을 해서 인정받으려는 속셈이었다. 그러던 중에 양성 현감이 나타나자 진위 현감은 기분이 언짢았지만 어쩔 수 없이 함께 정승의 행차를 기다리게 되었다.

해질 무렵까지도 행렬이 당도하지 않자 현감들은 심심풀이로 관인(관청의 도장)을 연못의 물에 띄워놓았다. 얼마쯤 시간이 흐른 뒤에 소를 탄 노인이 지나가자 진위 현감이 호통을 쳤다.

"무엄하도다! 감히 고을 현감 앞으로 소를 타고 지나가다니. 썩 내리지 못할까?"

노인이 아무런 응답도 없이 그냥 가자 양성 현감이 옆에서 한마디 거들었다.

"네, 이놈! 현감의 분부가 들리지 않느냐. 냉큼 소에서 내려 네놈의 정체를 밝히렷다."

그때야 비로소 노인이 대답하였다.

"온양 가는 맹꼬불이가 제 소 타고 간다고 알려라!"

"맹꼬불? 허허, 거 참 웃기는구나."

그런데 그 노인이 바로 맹사성이었다. 맹사성의 호가 고불인데 사람들이 '꼬불' 이라 불러 '맹꼬불' 이 되었던 것이다. 뒤늦게 눈치를 챈 현감들이 도망가려고 허둥대다가 관인을 연못에 빠뜨리고 말았다. 이후 사람들은 그 연못을 가리켜 '도장을 빠뜨린 못' 이란 뜻으로 '인침연印沈淵' 이라 불렀다.

맹사성은 나이가 든 뒤 여러 차례에 걸쳐 관직에서 물러나려 했으나 세종이 그를 놓아주지 않았다. 맹사성은 1421년 예순한 살에 우의정에 임명되었고, 1431년 일흔한 살 때는 좌의정에 임명되었다. 그는 1435년에 늙어서 더 이상 국왕을 모시지 못하겠다고 간청하여 벼슬살이에서 물러났다.

벼슬을 그만두고 고향에서 한가로이 생활할 때 맹사성은 우리

나라 최초의 연시조인 〈강호사시가〉를 지었다. 〈강호사시가〉는 강호에서 자연을 즐기며 임금의 은혜에 감사하는 마음을 노래한 작품이다.

강호에 봄이 드니 미친 흥이 절로 난다.

탁료계변에 금린어ㅣ 안주로다.

이 몸이 한가히옴도 역군은이샷다.

[현대어 풀이]

강호(자연)에 봄이 찾아오니 깊은 흥이 절로 난다.

막걸리를 마시며 노는 시냇가에 싱싱한 물고기가 안주로다.

이 몸이 이렇듯 한가하게 지내는 것도 역시 임금의 은혜이시도다.

이 시조에는 속세를 떠나 자연에서 봄을 즐기는 화자의 흥겨움이 잘 드러나 있다. 맑은 시냇가에서 싱싱한 물고기를 안주 삼아 마시는 막걸리는 소박한 삶의 모습을 나타내준다.

풍류를 즐기면서도 사대부로서 임금의 은혜를 잊지 않는 자세는 유교적 충의 사상의 반영이다.

강호에 겨월이 드니 눈 기픠 자히 남다.

삿갓 빗기 쓰고 누역으로 오슬 삼아,

이 몸이 칩지 아니히옴도 역군은이샷다.

[현대어 풀이]

강호에 겨울이 찾아오니 쌓인 눈의 깊이가 한 자가 넘는다.

삿갓을 비스듬히 쓰고 도롱이를 둘러 덧옷을 삼으니,

이 몸이 이렇듯 춥지 않게 지내는 것도 역시 임금의 은혜이시도다.

겨울이 찾아든 강촌에 눈이 소복하게 쌓였지만 삿갓을 쓰고 도롱이를 꺼입으니 춥지 않다. 이 작품에서 화자는 자연 속에서 안빈낙도●하는 삶의 모습을 그리고 있다.

'강호에'로 시작하여 '역군은이샷다'로 끝을 맺는 형식적 통일성은 자연의 변함없는 조화와 임금의 끝없는 은혜를 나타내는 데 효과적이다.

평생을 맑고 깨끗한 마음으로 탐욕 없이 살았던 맹사성은 1438년 일흔여덟의 나이로 세상을 떠났다. 새 천 년을 맞이한 21세기에는 청백리 '맹사성'이 고유명사가 아닌 보통명사가 될 수 있을까?

● '안빈낙도安貧樂道'는 가난한 생활을 하면서도 편안한 마음으로 도를 즐겨 지킨다는 뜻이다. 맹사성은 비가 새는 집에서 생활하면서도 피리 부는 것을 기쁨으로 여기며 살았다. 고불 맹사성은 50년 동안 벼슬살이를 하는 가운데 안빈낙도하는 삶을 몸소 실천했다.

'안분지족安分知足'은 '안빈낙도'와 의미가 비슷한 한자성어로 편안한 마음으로 제 분수를 지키며 만족할 줄을 안다는 뜻이다. 《강아지 똥》을 쓴 권정생 선생은 안분지족하는 삶의 자세를 보여준 동화 작가이며 시인이다.

권정생 선생은 1967년부터 1982년까지 시골 교회의 문간방에서 살았다. 선생은 산문집 《우리들의 하느님》에서 예배당 종지기였던 그때의 생활을 다음과 같이 이야기했다.

"서향으로 지어진 예배당 부속 건물의 토담집은 겨울엔 춥고 여름엔 더웠다. 외풍이 심해 겨울엔 귀에 동상이 걸렸다가 봄이 되면 낫곤 했다. 그래도 그 조그만 방은 글을 쓸 수 있고 아이들과 자주 만날 수 있는 장소였다. 여름에 소나기가 쏟아지면 창호지 문에 빗발이 쳐서 구멍이 뚫리고 그 구멍으로 개구리들이 뛰어 들어와 꽥꽥 울었다.

겨울이면 아랫목에 생쥐들이 이불 속에 들어와 잤다. 자다보면 발가락을 깨물기도 하고 옷 속으로 비집고 들어와 겨드랑이까지 파고들기도 했다. 처음 몇

번은 놀라기도 하고 귀찮기도 했지만 지내다보니 그것들과 정이 들어버려 아예 발치에다 먹을 것을 놓아두고 기다렸다. 개구리든 생쥐든 메뚜기든 굼벵이든 같은 햇빛 아래 같은 공기와 물을 마시며 고통도 슬픔도 겪으면서 살다 죽는 게 아닌가. 나는 그래서 황금 덩이보다 강아지 똥이 더 귀한 것을 알았고 외롭지 않게 되었다."

권정생 선생은 교회 종지기 일을 할 때 오전 네 시면 어김없이 종을 쳤다. 추운 겨울날, 장로님이 시골장에 가서 목장갑을 하나 사 드렸다. 그러나 한 번도 그 장갑을 끼지 않았다. 맨손으로 서리가 서걱거리는 종의 줄을 잡고 종을 쳤다. 왜 그러느냐고 묻자 이렇게 대답했다. "새벽 종소리는 가난하고 소외당하고 아픈 이가 듣고 벌레며 길가에 구르는 돌멩이도 듣는데 어떻게 따뜻한 손으로 칠 수 있어." 그리고 그는 하얗게 내린 서리가 달빛에 보석처럼 빛나는 마당을 가로질러 자기 방으로 갔다.

권정생 선생은 가난한 삶이라야 영혼이 맑아지고 투명해진다고 여겨서 자발적인 가난을 선택했다. 동화 100여 편을 남겼지만 그 자신이 평생 소유해본 것은 1982년에 마을 청년들이 흙벽돌을 찍어 직접 만들어준 다섯 평짜리 토담집 한 채가 전부였다. 그의 한 달 생활비는 5만 원이었다.

"하느님께 기도해주세요. 제발 이 세상 너무도 아름다운 세상에 사람이 사람을 죽이는 일이 없게 해달라고요. …… 제 예금통장 다 정리되면 나머지는 북쪽 굶주리는 아이들에게 보내주세요. 제발 그만 싸우고, 그만 미워하고, 따뜻하게 통일이 되어 함께 살도록 해주십시오.

중동, 아프리카 그리고 티베트 아이들은 앞으로 어떻게 하지요. 기도 많이 해 주세요. 안녕히 계십시오."

2007년 3월 31일 오후 6시에 작성한 유서이다. 마을 노인들은 그저 혼자 사는 노인으로만 생각했던 권정생 선생이 돌아가시고 난 뒤 전국에서 수많은 조문객이 몰려와 눈물을 펑펑 쏟으며 우는 걸 보고 놀랐다고 한다. 또한 병으로 고생하며 겨우겨우 하루를 살아가는 사람인 줄 알았는데 동화 작가로서 인세 수입이 연간 수천만 원 이상이라는 걸 알고 놀랐고, 그렇게 모인 재산 10억 원과 앞으로 생길 인세 수입을 모두 북한 어린이들을 위해 써달라고 조목조목 유언장에 밝혀 놓은 걸 보고 또 놀랐다고 한다.

© mussobbul

권정생 선생이 살던 집.

산과 시내 사이 바위 아래에 띠집을 지으려 하니,

그 뜻을 모르는 남들은 비웃기도 한다마는

어리석은 시골뜨기의 생각에는

그것이 내 분수인가 하노라.

● 〈만흥〉 중

자연과 사람을
뜨겁게 사랑하였노라

조선 시대 아홉 번 과거에 모두 장원급제한 인물은 율곡 이이가 유일
하다. 율곡은 스물세 살 때인 1556년 별시에서 학자 수백 명이 몇 달
간 고심하여 만든 문제를 단 세 시간 만에 답안을 작성하여 감독관을
놀라게 하였다.

조선 시대에 어학에 가장 뛰어난 재능을 보였던 인물은 신숙주
다. 보통 4~5개 국어에 능통한 사람을 보고도 천재라고 극찬을 한다.
그런데 신숙주는 7개 국어를 할 수 있었다. 그는 설총의 이두문자는
물론 일본어, 중국어, 몽골어, 여진어에 능통했으며 인도어, 아라비
아어까지도 터득했다.

《조선왕조실록》에 가장 많이 등장하는 인물은 우암 송시열이다. 총 1,967권으로 이루어진 《조선왕조실록》에 이름이 3,000번 이상 나오는 사람은 오직 송시열뿐이다. 그가 1689년 제주도로 유배 가는 길에 태풍을 만나 잠시 머물렀던 섬이 보길도다. 송시열은 보길도의 동쪽 해안 바위에 "여든세 살의 늙은 이 몸이 거칠고 먼 바닷길을 가노라"라는 글을 남긴다. 그는 제주도에서 서울로 압송되어 오던 중 정읍에서 사약을 마시고 죽었다.

우암 송시열과 정치적으로 가장 첨예하게 대립했던 인물이 고산 윤선도다. 윤선도가 1637년 제주도로 가는 도중에 풍랑을 만나 섬에 들렀다가 아름다운 경치에 매혹되어 여생을 마친 곳이 바로 보길도이다.

시조 문학의 대가 윤선도는 1587년 6월 22일 밤 8시, 삼각산의 동쪽 끝에 자리 잡은 연화방(지금의 종로)에서 태어났다. 이때 아버지 윤유심의 나이는 서른일곱이었으며, 위로 누나와 형이 있었다. 몸이 약한 윤선도는 친구들과 어울리지 못하는 시간에는 언제나 책을 가까이했다. 또한 비록 어린 나이였지만 항상 몸가짐이 단정하고 흐트러짐이 없었다. 윤선도의 부모는 아들의 빈틈없는 성격이나 꺾이지 않는 고집을 걱정스러워했다.

유난히 호기심이 많았던 윤선도는 누나 방에 놓여 있는 책을 뒤적이다가 처음 보는 글자를 발견하였다. 그가 무슨 글자냐고 묻자 누나는 세종 임금이 만든 훈민정음이라고 말해주었다. 윤선도는 사람들이 주고받는 말을 그대로 옮겨 적을 수 있는 한글이 무척 신기했다. 그는 누나에게 한글을 배우면서 우리말과 우리글의 아름다움에 흠뻑 젖을 수 있었다.

윤선도의 종가는 후손이 없어 윤유심의 아우인 윤유기가 양자로 들어가 있었다. 그런데 윤유기에게도 자식이 없자 윤선도가 여덟 살의 나이에 양자로 들어갔다. 수재라는 칭송을 받았던 윤유기는 일찍이 문과에 합격하여 관직에 종사하고 있었다. 그는 양자인 윤선도를 매우 사랑하여 직접 학문을 지도했다.

전라남도 해남의 종가는 산자락에 자리를 잡고 있어 매우 아늑한 곳이었다. 덕음산으로 이어지는 울창한 나무숲에는 온갖 산짐승들이 살았으며, 높은 언덕배기에 자리한 윤선도의 집에서는 넓은 들녘과 짙푸른 숲을 한눈에 바라볼 수 있었다. 집 뒤편으로 흐르는 시냇물 소리는 사계절 내내 끊이지 않았다. 아름드리 동백은 때를 놓치지 않고 붉은 꽃을 피웠으며, 먼발치로 보이는 두륜산은 자연의 또 다른 경이로움을 보여주었다. 두륜산 정상에 올라가서 내려다보면 안개가 감겨오는 발밑으로 초록빛 바다와 하늘이 맞닿은 수평선이 펼쳐졌다. 해남의 아름다운 자연은 형제들과 헤어져 큰집에서 사는 윤선도의 외로움을 달래주었다.

윤선도가 스물두 살이 되던 해 봄날, 어머니가 세상을 떴다. 여덟 살에 양자로 와서 꼬박 14년을 함께 산 어머니였다. 이듬해 여름에는 서울 연화방에서 친어머니가 돌아가셨다. 그가 스물여섯 살이 되던 해 겨울에는 친아버지 윤유심이 세상을 뜨고 말았다.

그로부터 4년이 지난 해의 겨울, 양아버지 윤유기는 아들이 작성한 상소문을 읽고 눈물을 흘렸다. 상소를 올리려는 아들의 뜻을 말리자니 나라를 저버릴 것 같고, 들어주자니 아들이 죽게 될까봐 걱정되었기 때문이다. 윤유기는 윤선도의 손을 잡고 "너는 용감하게 이 일을 행하겠다고 하지만 아비 된 내가 어찌 슬프지 않을 수가 있겠느냐?"라고 하였다.

윤선도는 1616년 12월 국왕 앞으로 대담하기 그지없는 상소문을 제출하였다. 총 4,328자로 된 장문의 상소에서 윤선도는 이이첨의 이름을 25회나 거론하면서 그의 간사한 행동을 낱낱이 고발하였다. 그러나 천하가 제 것인 양 권세를 멋대로 휘두르던 이이첨의 횡포를 비판하는 상소문은 임금에게 곧바로 가지 않았다. 이이첨 일파가 광해군에게 보여주지 않고 구겨 버렸기 때문이다. 이이첨은 윤선도를 제 분수도 모르고 불충한 생각을 하는 죄인으로 몰아 북쪽 국경 지방인 경원으로 유배 보냈다. 강원도 관찰사였던 양부 윤유기도 관직에서 추방하였다.

경원은 서울에서 2천 리나 떨어진 함경북도에 있었다. 1617년 2월 경원 땅에 도착한 윤선도는 1618년 아버지를 생각하며 시조 〈견회요)를 지었다.

슬프나 즐거오나 옳다 하나 외다 하나

내 몸의 해올 일만 닦고 닦을 뿐일지언정

그 밧긔 여남은 일이야 분별할 줄 이시랴.

[현대어 풀이]

슬프나 즐거우나 옳다 하나 그르다 하나

내 몸의 할 일만 닦고 닦을 뿐이로다.

그 밖의 다른 일이야 생각하거나 근심할 필요가 있겠는가?

다른 일은 근심하지 않겠다는 화자의 말은 설령 죽음을 당하더라도 상관없다는 뜻이다. 어떤 결과가 오더라도 신념에 따라 행동하려는 모습과 강직한 의지를 엿볼 수 있다. 윤선도의 가치관을 가장 잘 보여주는 작품이다.

뫼혼 길고 길고 물은 멀고 멀고.

어버이 그린 뜻은 많고 많고 하고 하고.

어디서 외기러기는 울고 울고 가느니.

[현대어 풀이]

산은 길기도 하고 물은 멀기도 하고

부모님 그리는 마음은 많기도 하다.

어디서 외기러기는 슬피 울며 가는가?

　산은 길게 길게 뻗어 있고, 물은 멀리 멀리까지 이어져 흐른다. 산과 물로 가로막힌 유배지에서 슬피 울며 날아가는 외기러기는 어버이를 그리워하는 화자의 모습을 나타낸다. '많고 많고', '울고 울고'와 같은 시어의 반복은 가족을 그리워하는 간절하고 애달픈 마음을 잘 드러내준다.

　'견회遣懷'는 '시름을 쫓다, 마음을 달래다'란 뜻이므로, 이 시조의 제목 〈견회요〉는 마음을 달래는 노래로 해석할 수 있다. 〈견회요〉는 불의와 타협할 줄 모르는 자세와 부모를 그리워하는 심정이 절절히 드러나 있는 시조이다.

　당시 경원에는 귀양 간 사람들이 많이 살고 있었다. 조정에서는 국경 지대에 사는 유배자들이 적들과 내통할 염려가 있다고 남쪽으로 보냈다. 윤선도도 일 년 남짓 경원에서 살다가 경상도 기장으로 떠났다. 1619년 초여름, 고산은 유배지에서 부친 윤유기의 사망 소식을 들었다.

　1623년 인조가 왕위에 오르고 이이첨이 처형되자 윤선도는 유배에서 풀려났다. 6년 3개월에 걸친 귀양살이를 마치고 집으로 돌아온 그가 하얀 쌀밥을 보고는 무심코 "이게 뭐지?" 하고 물어 가족들이 눈물을 흘렸다고 한다.

새로운 임금은 윤선도를 의금부 도사에 임명하였지만, 그는 쇠약해진 몸을 구실로 사퇴하고 고향인 해남에 머무르면서 요양을 했다. 그곳에서 고산은 몸과 마음을 돌보며 학문에 열정을 쏟았다.

1628년 봄에 다시 서울로 올라간 윤선도는 과거에 응시해 장원 급제했다. 시험관이었던 이조판서 장유는 고산이 쓴 답안을 읽고 감격하여 '동국 제일의 책문策文'이라고 평했다. 장유는 윤선도를 왕자의 스승으로 추천하였다. 고산은 각각 열 살, 일곱 살이었던 봉림대군과 인평대군을 정성을 다하여 가르쳤다. 봉림대군이 열다섯 살이 되던 해까지 사부로 있던 윤선도에게 인조는 열흘 간격으로 음식과 선물을 보내 격려해주었다. 왕의 신임이 두터워지고 벼슬이 높아지자 윤선도를 시기하는 사람들이 나타나기 시작했다.

윤선도는 1633년에 병이 나서 벼슬자리를 사양하고 고향으로 내려갔다. 그해 10월 인조는 해남에서 한가하게 시간을 보내고 있던 윤선도를 사헌부 지평에 임명하고 서울로 올라오라는 명을 내렸다. 고산은 용인에 이르렀을 때 성산 현감으로 좌천되었다는 소식을 들었다. 그를 시샘하는 무리가 고위직 승진에 이의를 제기하며 농간을 부린 탓이었다.

1634년 그가 현감으로 부임해 간 성산 고을 백성의 생활 형편은 몹시 어려웠다. 지방 관리들은 나무가 자라 못 쓰게 된 땅에도 세금을 부과했다. 농민들이 경작하는 논밭을 직접 살펴보지도 않고 마구잡이로 세금을 매겨서 수탈해온 것이다. 윤선도는 지방 관리들의 횡포, 토지 측량과 세금 부과의 문제점을 조목조목 기록하여 올렸다. 하지만 이를 본 경상 감사는 오히려 윤선도가 탐욕을 부리고 백성을 괴롭힌다는 구실을 붙여 관직을 박탈하였다.

주변의 질시에 지쳐 있던 고산은 해남으로 돌아가 유유히 책을 읽고 시를 짓는 생활을 하였다. 고향에서 생활한 지 일 년 정도 지난 1636년 12월, 청나라 군대가 쳐들어왔다는 소식을 들었다. 그는 고을의 젊은이 수백 명을 모아 무기와 배를 준비하고 강화도로 출발하였다. 그곳에 피난해 있는 봉림대군과 인평대군을 구원하기 위해 간신히 강화도에 도착하고 보니 섬은 이미 청군에 함락된 뒤였다. 봉림대군을 비롯해 피난 온 왕족과 대신들은 모두 포로로 잡혀갔다. 왕은 남한산성에 포위되어 있다는 소문도 있었고, 경상도로 피신하였다는 소문도 있었다. 윤선도는 해남으로 내려가서 임금의 소식을 상세히 알아보려고 배를 돌렸다. 그 사이에 인조는 청 태종 앞에서 세 번 절하고 아홉 번 머리를 조아리며 굴욕적으로 항복하였다.

윤선도는 해남에 도착하여 왕이 항복하고, 세자와 왕자들이 인질로 끌려갔다는 소식을 듣고는 갑판 위에 주저앉아 통곡했다. 그는 치욕스러운 세상을 보고 사느니 차라리 제주도로 가서 귀와 눈을 가리고 살 작정으로 뱃길을 남쪽으로 돌렸다. 완도를 막 지났을 때 거센 바람이 불고 파도가 밀려오면서 배가 심하게 흔들렸다. 윤선도는 근처에 있는 섬에 배를 대고 파도가 잠잠해지기를 기다렸다. 그는 파도가 쉬이 가라앉지 않자 하루를 머물며 섬을 돌아보았다. 그때 비로소 보길도의 아름다운 모습이 눈에 들어오기 시작하였다. 동백꽃 향기와 파도 소리가 뒤섞인 경치에 매료된 고산은 제주도행을 취소하고 섬에 눌러살기로 한다.

윤선도는 보길도에 정원을 만들고 마치 피어나는 연꽃과 같다는 뜻으로 부용동이라 이름 지었다. 그곳에 지은 집은 글을 즐기는 곳이라는 의미를 담아 낙서재라 불렀다. 포구가 보이는 자리에는 속세의 티끌을 씻어낸다는 뜻으로 세연정이란 정자를 세우고, 마음 심자 모형으로 연못 세 개를 파서 원림을 조성했다.

윤선도가 보길도를 발견하고 부용동 낙서재에 앉아 세상살이를 잊고 지내던 세월도 잠깐이었다. 그를 시기하던 사람들은 난리가 끝나고 여러 달이 지났는데도 임금에게 문안을 드리지 않았다고 비난하였다. 1638년 조정 대신들은 청군이 침입해와 고초를 겪은 왕에게 불손한 짓을 했다는 죄목으로 윤선도를 경상북도 영덕에 유배 보냈다. 일 년 뒤에 유배 생활을 마치고 고향으로 돌아온 고산은 집안일을 모두 자식들에게 맡기고 산으로 들어갔다. 그는 해남에서 경치가

빼어난 세 곳을 정하여 수정동, 문소동, 금쇄동이라 이름 붙이고 정자를 지었다. 고산은 셋째 은거지인 금쇄동을 발견하고는 '귀신이 다듬고 하늘이 감춰온 곳'이라고 감탄했다. 윤선도는 이곳에서 차츰차츰 마음의 평안을 얻고 시조를 쓰는 일에 몰두할 수 있었다.

그는 속세를 떠나 아름다운 자연에 끌려 조용히 세월을 보내면서 1642년에 연작 시조 〈산중신곡〉 19수를 지었다. '산속에서 쓴 새 노래'라는 뜻을 지닌 〈산중신곡〉 중에 시조 〈만흥〉이 있다.

산슈간 바회 아래 뛰집을 짓노라 ㅎ니,
그 몰론 놈들은 웃는다 ㅎ다마는,
어리고 햐얌의 뜻듸는 내 분인가 ㅎ노라.

보리밥 픗ㄴ물을 알마초 머근 후에,
바횟긋 믉ㄱ의 슬ㅋ지 노니노라.
그나믄 녀나믄 일이야 부롤 줄이 이시랴.

잔 들고 혼자 안자 먼 뫼흘 부라보니,
그리던 님이 오다 반가옴이 이러ㅎ랴.
말솜도 우움도 아녀도 몯내 됴하ㅎ노라.

[현대어 풀이]

산과 시내 사이 바위 아래에 띠집을 지으려 하니,

그 뜻을 모르는 남들은 비웃기도 한다마는

어리석은 시골뜨기의 생각에는 그것이 내 분수인가 하노라.

보리밥과 풋나물을 알맞게 먹은 후에

바위 끝의 물가에서 실컷 노니노라.

그 밖의 다른 일이야 부러워할 까닭이 있으랴.

잔을 들고 혼자 앉아 먼 산을 바라보니,

그리워하던 임이 온다고 한들 이렇게 반가우랴.

말을 하거나 웃음을 짓지 않아도 나는 산을 좋아하노라.

〈만흥〉은 윤선도가 금쇄동에 은거할 때 지은 연시조로, 우리말
의 묘미를 잘 살리고 있다는 점이 특징이다. 만흥은 '저절로 일어나
는 흥취' 라는 뜻이다.

첫째 수는 혼란한 정계에서 물러나 산속에 초가집을 짓고, 자연
과 벗하며 살아가는 심정을 노래한 작품이다. 세속적인 사람들은 산
에서 생활하는 참뜻을 모르고 비웃지만 나는 만족하며 살아간다.

둘째 수에는 자연에 묻혀 사는 즐거움이 잘 드러나 있다. 소박한

음식을 먹으며 안빈낙도하는 작가에게 다른 일은 벼슬길이나 부귀공명을 의미한다. 어수선한 세상의 일을 잊고 마음 편하게 살고 있으니 부귀영화와 같은 세속적 가치는 조금도 부럽지 않다.

셋째 수는 자연과 더불어 하나 되어 살아가는 즐거움이 잘 드러난 작품이다. 화자는 어지러운 인간 세상을 떠나 혼자 술잔을 들고 먼 산과 경치를 두루 살피면서 살아간다. 산을 그윽이 바라보는 것이 그리던 임이 오는 것보다 더 반갑다고 말할 정도로 산수의 아름다움에 푹 빠져 있다. 특히 종장에는 자연과 화자가 하나 되는 물아일체의 경지가 나타나 있다.

〈오우가〉는 〈만흥〉과 더불어 우리말의 아름다움을 잘 살려서 시조를 높은 경지로 끌어올린 작품으로 평가받는다. 〈오우가〉는 윤선도가 56세 때 해남 금쇄동에 은거할 무렵 지은 6수의 연시조로 〈산중신곡〉에 들어 있다.

내 벗이 몇인가 하니 수석과 송죽이라
동산에 달 오르니 그 더욱 반갑구나
두어라, 이 다섯밖에 또 더하여 무엇하리

구름 빛이 좋다 하나 검기를 자주 한다
바람 소리 맑다 하나 그칠 적이 많구나

맑고도 그칠 때 없기는 물뿐인가 하노라

꽃은 무슨 일로 피면서 쉽게 지고

풀은 어이하여 푸르는 듯 누르나니

아마도 변치 않는 것은 바위뿐인가 하노라

더우면 꽃 피고 추우면 잎 지거늘

솔아 너는 어찌 눈서리를 모르느냐

구천에 뿌리 곧은 줄을 그것으로 하여 알겠노라

나무도 아닌 것이 풀도 아닌 것이

곧기는 누가 시켰으며 속은 어이 비었는가

저렇고 사시에 푸르니 그를 좋아하노라

작은 것이 높이 떠서 만물을 다 비추니

밤중에 광명이 너만 한 이 또 있으랴

보고도 말 아니 하니 내 벗인가 하노라

작가는 이 작품에서 자연을 단순히 미적 대상으로만 바라보고
있지 않다. 물과 돌, 소나무와 대나무 그리고 달을 인격화하여 윤리

적 의미까지 부여하고 있다. 물은 깨끗하고도 그침이 없다는 점을 들어 유교에서 내세우는 선비의 이상을 노래하고 있고, 돌은 늘 변하지 않는 존재라는 것을 강조하고 있다. 소나무는 뿌리가 곧게 뻗어 있다는 특성을 비유적으로 표현함으로써 선비의 지조를 노래하고 있으며, 대나무는 항상 푸르다는 특성을 통해 선비의 절개를 예찬하고 있다. 마지막으로 달의 밝음과 과묵함을 통해 다른 사람을 비방하지 않는 선비의 모습을 그리고 있다.

국문학자 조윤제는 〈오우가〉에 대해 "시조가 이까지 오면 갈 곳까지 다 갔다는 감이 있다."라고 극찬했다.

1649년 인조가 죽자 봉림대군이 왕위에 올라 효종이 되었다. 윤선도는 옛 스승으로서 임금에게 어진 정치를 베풀어달라고 당부하는 글을 썼다. 효종은 상소문을 받아들고는 감격스러워했다. 고산을 곁으로 불러 나랏일을 함께 의논하고 싶었다. 그러나 불의를 참지 못하는 윤선도의 강직한 성품을 못마땅하게 여기고 있던 자들의 시기와 모함으로 뜻을 이루지 못하였다. 신변의 위험을 느낀 고산은 다시 보길도로 돌아가 어민들의 생활 속에 파묻혀 지냈다. 그가 예순네 살 때의 일이다.

윤선도는 보길도에서 어부들의 삶을 애정 어린 눈으로 들여다보며 〈어부사시사〉라는 장편 시를 썼다. 〈어부사시사〉는 춘하추동 각 10수씩 총 40수로 되어 있는데, 각 수에 나타난 후렴구를 빼고 보면 초장, 중장, 종장 형태의 평시조가 된다.

우는 거시 벅구기가 프른 거시 버들숩가.

이어라 이어라

어촌 두어 집이 넛흐속의 나락들락

지국총 지국총 어사와

말가훈 기픈 소희 온갇 고기 뛰노누다.

년닙희 밥 싸두고 반찬으란 쟝만 마라.

닫 드러라 닫 드러라

청약립은 써 잇노라, 녹사의 가져오냐.

지국총 지국총 어사와

무심훈 백구는 내 좃는가 제 좃는가.

믈외예 조훈 일이 어부 생애 아니러냐.

비 떠라 비 떠라

어옹을 욷디 마라, 그림마다 그렷더라.

지국총 지국총 어사와

소시흥이 혼가지나 츄강이 은듬이라.

간밤의 눈 갠 후에 경믈이 달란고야.

이어라 이어라

압희는 만경류리 디희는 천텹옥산.

지국총 지국총 어사와

선계ㄴ가 블계ㄴ가 인간이 아니로다.

[현대어 풀이]

우는 것이 뻐꾸기인가, 푸른 것이 버들 숲인가. / 노 저어라 노 저어라. / 어촌의 두어 집이 안갯속에 들락날락하는구나. / 찌그덕 찌그덕 어기여차 / 맑고 깊은 못에 온갖 고기가 뛰노는구나.

연잎에 밥을 싸 두고 반찬은 준비하지 마라. / 닻 올려라 닻 올려라. / 삿갓은 이미 쓰고 있노라, 도롱이는 가져왔느냐? / 찌그덕 찌그덕 어기여차 / 무심한 갈매기는 내가 저를 좇아가는가, 제가 나를 좇아오는가?

세속을 떠난 곳에서 깨끗하게 사는 일이 어부의 생활이 아니더냐. / 배 띄워라 배 띄워라. / 고기 잡는 늙은이를 비웃지 마라, 그림마다 그렸더라. / 찌그덕 찌그덕 어기여차 / 사계절의 흥취가 다 좋지만 그 중에도 가을 강이 으뜸이라.

지난밤 눈이 갠 후에 경치가 달라졌구나. / 노 저어라 노 저어라. / 앞에는 넓고 맑은 바다, 뒤에는 겹겹이 둘러 있는 흰 산. / 찌그덕 찌그덕 어기여차 / 신선의 세계인지 부처의 세계인지 인간 세상은 아니로다.

〈어부사시사〉는 고려 시대부터 전해오던 노래를 조선 중종 때 이현보가 개작한 〈어부가〉를 바탕으로 새롭게 창작한 작품이다. 이 시조에는 봄, 여름, 가을, 겨울의 계절마다 펼쳐지는 어촌의 아름다운 경치와 어부 생활의 흥취가 잘 나타나 있다. 춘사에서는 봄날 아침에 어부들이 고기잡이배를 띄우고 강촌을 떠나는 광경을, 하사에서는 소박한 어부의 생활을, 추사에서는 풍요로운 계절에 느끼는 흥겨움을, 동사에서는 눈 덮인 겨울 산의 풍경을 즐기는 마음을 노래하고 있다.

효종은 즉위 3년 뒤인 1652년에 고산을 성균관 사예에 임명하였다. 윤선도는 국립대학의 음악 주임에 해당하는 정4품 관직에 오르기 위하여 20여 년 만에 상경하였다. 그때는 벌써 예순여섯 살의 백발이 되어 있었다.

왕은 스승의 은혜에 보답하기 위하여 고산을 동부승지로 승진시키고, 궁전 내의 강사로도 임명하여 왕의 곁에 머무르도록 하였다. 윤선도는 경연에서 임금이 의심스러운 점을 물으면 명백하고 정확하게 설명했다. 임금은 그를 더욱 신임하여 나랏일을 의논하는 일이 잦아졌다. 그러자 반대파가 경계하고 시기하며 고산을 벼슬자리에서 내보내야 한다는 상소를 올렸다. 이에 고산은 효종에게 건강이 나빠 정상적으로 근무할 수 없다며 사직을 허락해달라고 요청하였다. 그를 붙들어놓고 싶은 왕도 부득이 받아들일 수밖에 없었다. 그대신 서울 근처의 양주에 있는 별장에서 몸조리하며 언제라도 국왕의 자문에 응하도록 하였다. 그해 가을에 왕은 다시 예조참의라는 벼슬을 내리고 서둘러 부임하라고 하였다. 하지만 한 달 뒤에 겨우 상경한 윤선도는 병을 내세워 사직하였다. 효종은 직무에 복귀하기를 요구하였지만, 그는 계속 취임을 사양하였다.

1653년 2월 고향에 돌아온 고산은 부용동에 정자를 고쳐 짓고, 연못을 파서 연꽃을 심었다. 그는 해남의 금쇄동과 보길도의 부용동을 오가며 살았고, 낙서재 옆에 집을 지어 멀리서 찾아오는 제자들을 맞이하였다. 학문과 자연을 벗 삼아 지내면서 가끔 찾아오는 벗과 어울려 가야금 연주에 맞추어 노래를 부르기도 하였다.

신흠은 〈야언〉이란 글에서 "문 닫아걸고 마음에 맞는 책 뒤적이기, 문 열어 마음에 맞는 벗 맞이하기, 문을 나서 마음에 맞는 경치 찾아가기. 이것이 인간의 세 가지 즐거움이다."라고 말했다. 쫓겨나다시피 벼슬에서 물러난 윤선도는 해남과 보길도에서 모처럼 세 가지 즐거움을 느낄 수 있었다.

1659년 5월 4일, 윤선도를 특별히 아끼고 대우해주던 효종이 마흔한 살의 나이로 사망했다. 윤선도는 효종의 계모인 자의대비가 만 2년 동안 상복을 입어야 한다고 주장했다. 이에 반해 송시열은 만 1년 동안 상복을 입어야 한다고 맞섰다. 윤선도는 효종을 가짜 임금으로 취급하는 송시열을 사형시켜야 한다고 상소를 올렸다. 송시열을 옹호하는 대신들은 역으로 어진 이를 모함한 윤선도를 사형시켜야 한다고 주장했다. 고산은 고관들의 맹렬한 공격을 받고 1660년 6월 함경남도 삼수에 유배되었다.

일흔네 살의 노인을 영하 30도까지 내려가는 곳으로 유배 보내는 것은 무리라는 여론이 있었다. 하지만 반대파는 이를 무시하고 오히려 집 주위에 가시 울타리를 쳐서 엄중하게 감시하였다. 삼수에서 4년 9개월 동안 지낸 윤선도는 1665년 2월 전라남도 광양으로 이배되었다. 고산이 그동안 얼어 죽지 않고 잘 견뎌내자 그를 미워하는 자들조차 혀를 내둘렀다고 한다.

광양에서 2년 더 유배 생활을 보낸 1667년 7월, 고산은 현종의 특명으로 겨우 석방되었다. 어느덧 그의 나이는 여든한 살이었다. 귀양살이 7년 만에 고향으로 돌아온 윤선도는 여생 대부분을 보길도의 부용동에서 보냈다. 그는 여든세 살에 셋째 아들을 잃은 뒤 가난한 친척들에게 재산을 아낌없이 나누어 주고, 자선 사업에 힘을 쏟았다. 1671년 6월 21일, 윤선도는 보길도의 낙서재에서 조용히 숨을 거두었다.

　고산은 흥이 나면 즐거이 노래하고 가야금을 연주하였으며, 술은 많이 마시지 않고 언제나 단정한 자세로 산 사람이었다. 그는 하인들이나 주변의 농민과 어민들을 언제나 친절하고 관대하게 대하였으며, 제자들에게도 자상하였다.

　윤선도는 생활이 풍족한 부호의 자손이었다. 하지만 항상 검소하게 살았고, 낮잠을 자지 않을 정도로 자신에게 엄격했다. 그는 너그럽고 인정이 많아서 백성을 아끼고 사랑하는 일을 게을리하지 않았다.

　1640년대 중반 고산은 전라남도 진도의 굴포 지역을 간척했다. 갯벌을 막아 간척하는 일은 쉽지 않았다. 둑을 쌓으면 번번이 파도에 부서졌다. 윤선도는 어느 날 엄청나게 큰 구렁이가 둑을 지나가는 꿈을 꾸었다. 다음 날 둑에 나가 보니 꿈에서 구렁이가 기어가던 자리에 하얗게 서리가 내려 있었다. 그곳에 바닷물의 흐름을 고려하여 뱀이 지나간 형상대로 구불구불하게 제방을 쌓았더니 무너지지 않았다. 고산이 방조제를 완성하고 200여 정보의 농지를 무상으로 제공해 준 덕분에 마을 사람들이 농사를 지을 수 있었다.

　굴포리 주민들은 매년 정월 보름에 마을 당제와 고산 선생의 은덕을 기리는 감사제를 함께 지내고 있다. 2010년 2월 28일, 마을 당제에서 제관이 축문을 읽는다.

"굴포리 주민 일동은 윤선도 선생님께 아뢰나이다. 바닷물을 막아 논둑을 쌓으시고 농토 수십만 평을 만들어 헐벗고 굶주린 주민의 식량난을 해결하여주신 은공을 잊지 못하나이다."

땅이 생명과 마찬가지인 농민들에게 농토를 제공하여 먹고살 길을 열어준 고산은 후손들에게도 고마운 은인으로 기억될 수밖에 없을 것이다.

또다시 400여 년이 지난 뒤에도 고산 윤선도는 사람과 자연, 우리말과 우리글을 뜨겁게 사랑한 시인으로 기억되리라.

가위로 싹둑싹둑 옷 마르노라면

추운 밤에 손끝이 호호 불리네

시집살이 길옷은 밤낮이건만

이 내 몸은 해마다 새우잠인가

● 〈가난한 여인의 노래〉 중

스물일곱 송이
붉은 연꽃이 지다

우리나라의 여류 시인 중에서 가장 뛰어난 시인으로 칭송받는 허난
설헌은 스물일곱에 생을 마쳤다. 그녀는 죽기 전에 자신이 쓴 시를
모두 태워달라고 유언했다. 허난설헌이 죽은 이듬해인 1590년에 동
생 허균은 친정에 남아 있던 시와 자기가 외우고 있던 시들을 모아서
《난설헌집》의 초고를 펴냈다. 이 시집을 본 류성룡은 허난설헌의 시
를 높이 평가했다.

"훌륭하도다. 부인의 말이 아니로구나. 어떻게 하여 허씨 집안
에 이렇게 뛰어난 재주를 가진 사람이 이토록 많이 있단 말인가. 돌
아가 간추려서 보배롭게 간직하여 한 집안의 말로 비치고 반드시

전하도록 하는 것이 옳다."

임진왜란 때인 1597년 명나라 군대와 함께 조선에 온 사신 중에 오명제가 있었다. 문인이었던 그는 조선의 시와 문장을 수집했다. 말재주가 뛰어나 중국 사신을 도맡아 상대했던 허균은 오명제에게 다른 조선 문인의 시와 함께 허난설헌의 시 200여 편을 전해준다. 2년 뒤에 다시 조선을 방문했다가 명나라로 돌아간 오명제는 1600년에 조선의 시들을 모아 《조선시선》을 간행한다. 오명제는 우리나라를 대표하는 시인들의 작품이 실려 있는 시집 《조선시선》의 서문에 이렇게 적어 놓았다.

"내가 북경으로 돌아오자 문인들이 소식을 듣고 모두 조선의 시와 허난설헌의 시를 구하고 싶어 했다."

허난설헌의 시는 명나라에서 큰 인기를 끌었고, 명나라 사신이 조선에 오면 허난설헌의 시를 얻어가고 싶어서 허균을 찾았다. 1606년에는 조선에 온 사신 주지번이 허균에게 부탁하여 받은 허난설헌의 시집을 명나라에 가져가 《난설헌집》을 발간하였다. 그 시집은 크게 환영을 받아 명나라 각지에서 주문이 밀려들어 말 그대로 낙양의 종잇값을 올렸다는 소리를 들었다. 명나라의 문인 조문기는 시집에서 허난설헌이 여덟 살 때 쓴 〈광한전백옥루상량문〉을 보고 절찬하였다. "이 문장을 읽으니 흡사 신선이 되어 백옥루에 올라 있는 느낌이 들었다."

허난설헌의 시 158수가 수록된 중국 문헌 《긍사》에서는 "그녀의 백옥루 상량문은 8세에 지은 것인데 만약 하늘이 내린 재능이 아니라면 어떻게 지어낼 수 있겠는가." 라며 극찬하고 있다.

중국에서 명성을 드날린 허난설헌의 시집은 1711년 일본에서도 간행되어 선풍적인 인기를 얻었다.

허난설헌은 1563년 강원도 강릉에서 허엽의 셋째 딸로 태어났다. 허엽은 첫째 부인에게서 아들 성과 두 딸을 얻었고, 둘째 부인과의 사이에서 봉, 난설헌, 균의 세 남매를 두었다. 이들 여섯 남매는 모두 재주가 뛰어났는데 특히 허균은 《홍길동전》의 작가로 널리 알려졌다.

허엽은 자식을 교육할 때 아들과 딸을 구별하지 않았다. 그 덕분에 왕실 공주에게도 한글만 가르치던 조선 사회에서 허난설헌은 다양한 학문을 익히고 수준 높은 한시를 지을 수 있었다. 그런 데다 어릴 적부터 남달리 총명해서 여덟 살 때 벌써 달나라 광한전에 백옥루를 짓는다고 상상하며 상량문을 쓸 수 있었던 것이다.

열두 살 위 오빠인 허봉은 허난설헌에게 시집이나 문방구 등을 선물하며 시 공부를 열심히 하도록 격려해주었고, 친구인 이달에게 글을 배우도록 배려해주었다.

손곡 이달은 서자라는 신분적 한계 때문에 벼슬을 할 수 없었고, 한곳에 얽매이기 싫어해서 평생 방랑 생활을 하였다. 우리나라 곳곳을 떠돌아다니면서 아름다운 경치를 시로 읊었고, 자신이 목격한 농민들의 비참한 생활을 시로 표현했다. 글재주가 뛰어났지만 가난과 고생을 벗어나지 못했던 스승 이달의 삶과 시는 허난설헌의 작품 세계에 큰 영향을 미쳤다.

개방적이고 남녀 차별이 없는 집안에서 마음껏 재능을 펼쳤던 허난설헌의 생애는 혼인과 함께 커다란 전기를 맞게 된다.

허난설헌은 15세에 안동 김씨 집안의 김성립에게 시집을 갔다. 그녀의 시댁은 5대째 계속 문과에 급제한 명문가였다. 하지만 김성립은 과거에 아홉 번이나 낙방한 끝에 허난설헌이 죽은 다음 해에 별시 문과에 합격했다.

김성립과 결혼한 허난설헌은 친정을 떠나 시집에서 살았다. 당시에는 여자가 시댁에 들어가서 살림살이를 하는 일이 매우 드물었다. 조선 중기까지만 하더라도 혼례를 치른 뒤에 남자가 처가에서 생활하는 게 일반적이었다. 장인, 장모의 집에 들어간다는 뜻인 '장가간다'라는 말도 여기에서 비롯되었다. 남자가 처가살이하는 풍습이 일반적인 상황에서 허난설헌은 낯설고 고된 시집살이를 했다. 게다가 허난설헌의 시어머니는 책을 읽거나 시를 쓰는 며느리를 달가워하지 않았다.

남편 김성립은 결혼한 뒤에도 과거 공부를 위해 주로 접接에서 생활했다. 접은 젊은 선비들이 과거를 준비하며 함께 공부하던 합숙

소였다. 김성립은 신혼 초부터 과거 공부를 한다는 핑계로 집에 들어오지 않았다. 그는 과거에 번번이 떨어지면서 점점 공부를 멀리하고 기방에 드나들기 시작했다. 부부 사이는 날이 갈수록 멀어져갔다. 허난설헌은 두 아이를 키우며 남편 없이 홀로 지내는 외로움을 달랬다. 그녀는 고되고 쓸쓸한 결혼 생활이 안겨주는 상실감과 좌절감을 시를 통해 예술적으로 승화시켰다.

> 붉은 비단 저 너머 밤 등잔 붉은데
> 꿈을 깨니 비단 이불 한쪽이 비었구려
> 새장의 앵무새, 서리 차다 울어대고
> 섬돌 가득 오동잎, 서풍에 떨어지네

★ 허난설헌, 〈가을의 한〉

붉은 휘장이 드리워진 방에 등불이 저 혼자 타고 있다. 임을 기다리다 등불을 켜놓은 채 잠이 든 것이다. 깜빡 잠이 들었다가 문득 깨어보니 비단 이불 한쪽이 비어 있다. 옆에 있어야 할 임이 없는 것이다. 그때 새장의 앵무새가 한밤의 정적을 깨고 요란하게 지저귄다. 이 앵무새는 암수 한 쌍일 터인데, 아마도 찬 서리가 내려 싸늘한 밤기운을 견디려고 꼭 붙어서 서로의 체온을 나누며 정답게 지저귀고 있었을 것이다. 이 앵무새의 지저귐이 난설헌의 외로움을 더욱

짙게 해준다. 게다가 섬돌에 오동잎 지는 소리마저 그녀의 한을 깊게 한다.•

　허난설헌의 시는 결코 고독만을 한탄하는 데 머물지 않았다. 세상 여인들의 여러 가지 고충을 동정하였으며, 가난한 집에서 태어났다는 이유만으로 학대받고 굶주림에 고통받는 사람들의 비애를 노래했다. 또한 사회의 불합리와 신분 차별을 날카롭게 주시한 시를 지었다.

　　가위로 싹둑싹둑 옷 마르노라면
　　추운 밤에 손끝이 호호 불리네
　　시집살이 길옷은 밤낮이건만
　　이 내 몸은 해마다 새우잠인가

　　　　　　　　　　　　★ 허난설헌, 〈가난한 여인의 노래〉

　이 시는 남을 위해 밤을 지새우며 옷을 짓는 여인의 모습을 통해 사회적 불평등을 표현하고 있다. 1행과 2행에서는 겨울밤 바느질의 괴로움을 노래하고 있고, 3행과 4행에서는 밤낮으로 남의 옷을 짓는 바느질과 자신의 서글픈 삶을 대비시켜 표현하고 있다. 허난설헌이

● 송재소, 《한국 한시 작가 열전》, 한길사, 2011.

지은 〈가난한 여인의 노래〉는 여성 특유의 섬세한 감각으로 불우한
여인의 고달픈 삶을 형상화한 작품이다.

시집살이의 애환을 시로 달래며 살아가던 허난설헌에게 견뎌내
기 어려운 불행이 거듭 찾아온다. 1580년 아버지 허엽이 경상도 관
찰사 직에서 물러나 한양으로 올라오던 도중 상주에서 그만 객사하
고 말았다. 1582년에는 딸을 잃고 다음 해에는 아들을 잃었다. 두 자
식을 먼저 보낸 어머니의 심정을 허난설헌은 이렇게 노래했다.

지난해엔 사랑하는 딸을 잃고
올해는 사랑하는 아들까지 잃었구나
슬프디슬픈 광릉 땅에
두 무덤 나란히 마주하고 있구나
가엾은 너희 형제 넋은
밤마다 서로 만나 놀고 있으려나
애끓는 노래 하염없이 부르며
슬픈 피눈물만 속으로 삼키누나

★ 허난설헌, 〈죽은 자식을 곡하노라〉

허난설헌에게 정신적 지주였던 둘째 오빠 허봉은 시집간 누이
동생을 아껴서 시도 지어 보내고 붓도 선물하였다. 누이의 딸이 죽

은 해에는 《두율》이란 시집을 보내주면서 "나는 몇 년이나 이 책을 보물처럼 간직했다. 이제 새로 꾸몄으니 한번 읽어보아라. 내가 열심히 권하는 뜻을 저버리지 않으면 희미해져가는 두보의 소리가 누이의 손에서 다시 나오게 할 수도 있을 것이다."라고 써주었다.

허난설헌이 스물한 살 때인 1583년 허봉이 당파 싸움에 휘말려 함경도 갑산으로 유배되었다. 이듬해 유배가 풀릴 때에는 '서울 출입 금지'라는 조건이 붙어 있었다. 허봉은 이곳저곳을 방랑하다가 1588년 9월 금강산에서 38세의 나이로 객사한다.

누나의 문학적 성취를 대단히 자랑스럽게 여겼던 여섯 살 아래 동생 허균은, 1618년, 반역을 계획했다는 죄로 처형된다.

허난설헌은 불우한 삶의 과정에서 느끼고 생각하는 것들을 마치 일기를 적듯이 시로 쓰려고 하였다. 그렇게 쓴 시는 커다란 장롱 속을 가득 채웠다. 그녀의 불행한 결혼 생활은 문학을 꽃피우게 했다.

허난설헌은 자신에게 세 가지 한이 있다고 말했다. 첫째는 조선에 태어난 것이고, 둘째는 여자로 태어난 것이고, 셋째는 김성립의 아내가 된 것이었다. 《난설헌집》에 실려 있는 한시 〈봄비〉는 바로 규방 여인의 외로움과 한을 노래한 작품이다.

보슬보슬 봄비는 못에 내리고
찬 바람이 장막 속에 스며들 제

뜬 시름 못내 이겨 병풍 기대니

송이송이 살구꽃 담 위에 지네

보슬보슬 연못 위에 내리는 봄비는 화자의 서글픈 심정을 한결 촉촉하게 적셔준다. 때마침 찬 바람이 방에 쳐놓은 장막을 밀치고 스며든다. 이른 봄의 쌀쌀한 기운이 쓸쓸함을 더해주는데, 빈방에서 슬픔과 외로움에 지친 몸을 기댈 곳은 빈방의 병풍뿐이다. 시름에 겨워 밖을 보니 곱게 피었던 살구꽃은 봄비에 송이송이 떨어지고 있다. 문득 어느덧 봄날이 가고 있음을 깨닫게 된다. 아름답던 꽃이 지는 것처럼 자신의 젊음도 덧없이 시들어가고 있다는 생각에 안타까움은 더욱 깊어만 간다. 〈봄비〉에는 규중에서 홀로 지내는 여인의 서러움과 고독한 정서가 담겨 있다. 이 시를 읽으면 봄비에 하나둘 떨어지는 살구꽃을 바라보며 한숨짓던 허난설헌의 모습이 눈에 떠오르는 듯하다.

1585년 봄, 상을 당하여 외가에 머물고 있을 때 허난설헌은 '아리따운 연꽃 스물일곱 송이가 붉게 떨어지니 서릿달이 차갑구나' 라는 구절이 담긴 시를 지었다. 23세가 되었을 때 자신이 27세에 죽을 것을 예언한 셈이다.

허난설헌은 1589년 3월 19일, 갑자기 옷을 갈아입고는 "오늘 연꽃이 서리에 맞아 붉어졌다." 하고 눈을 감았다. 숨을 거두기에 앞서 그녀는 생명을 불태우듯이 써왔던 시의 원고를 전부 태워버리라는 말을 남겼다. 그 유언대로 그녀가 집 안에 보관하고 있던 시들이 모두 불태워졌다.

허균은 누이의 삶을 애석하게 여겨 "여인이 밥 짓고 술 빚는 것 외에 시와 문장을 써서는 안 된다는 말인가?"라고 한탄했다.

허난설헌은 여성을 억압하고 차별하던 조선 시대에서 뚜렷한 자아의식을 지녔던 인물이다. 당시에는 여성이 자기 이름으로 사회 활동을 할 수 없었다. 양반 출신 여성이라도 성만 따서 'ㅇ씨 부인'이라고 불렀다. 하지만 그녀는 '눈 속에 피어난 난초의 집'이란 뜻을 지닌 호 '난설헌' 뿐만 아니라 어릴 때 쓰던 이름 '초희', 어른이 되어 쓰는 이름인 자 '경번', 자신의 호를 제목으로 삼은 시집까지 세상에 남겼다. 봉건적인 사대부들은 이를 못마땅하게 여겼다.

중국 문단에서 허난설헌의 인기는 명나라 말기인 1600년대 초부터 20~30여 년간 하늘을 찔렀다. 허난설헌의 작품이 실린 중국 문헌은 《조선시선》 등 열세 권으로, 이는 조선 땅에서 《난설헌집》 정도만 전하는 것과 대조된다. 허난설헌에 대한 중국 문인들의 관심과 평가는 매우 특별했다. 그러나 조선의 학자들에게는 결코 따뜻한 평가를 받지 못했다. 허난설헌은 진보적인 실학자들도 수긍할 수 없을 정도로 시대를 앞서 간 여성이었기 때문이다. 연암 박지원마저 《열하일기》에서 허난설헌을 좋지 않게 평하였다.

"규중 여인이 시를 짓는다는 것이 원래부터 좋은 일은 아니다. 조선의 한 여자 이름이 중국에까지 퍼졌으니 대단히 유명하다고 말할 수 있다. 그러나 우리나라 부인들은 일찍이 이름이나 자를 찾아볼 수 없으니, 난설헌이라는 호 하나만으로도 과분한 일이다. 후에 재능 있는 여자들이 이를 밝혀 경계의 거울로 삼지 않으면 안 된다."

이런 평가로 미루어보아 허난설헌이 남존여비의 땅 조선에서 여성으로 태어나 얼마나 고달픈 삶을 살았을지 짐작할 수 있다. 그녀의 시는 조선 후기에 들어서야 비로소 일부 사대부 지식인들 사이에서 인정됐다. 학문이 뛰어난 양반들은 허난설헌을 규방의 유일한 시인이자 뛰어난 천재로 인식했다.

중국에서 최초의 한류 열풍을 불러일으키며 국제적인 명성을 떨친 천재 시인 허난설헌. 그녀는 여자로서 조선에 태어난 한을 창작으로 승화시켜 우리 문학사에 빛나는 존재가 되었다.

집 안의 물건은 쓸쓸하기 짝이 없어

모조리 팔아도 칠팔 푼이 안 되겠네

개 꼬리 같은 조 이삭 세 줄기와

닭 창자같이 비틀어진 고추 한 꿰미

깨진 항아리는 헝겊으로 발라 막고

무너져 앉은 선반은 새끼줄로 얽어맸네

● 〈적성촌에서〉 중

혼신의 힘을 다하여 백성의 삶을 바꾸다

"다산 정약용은 오늘날로 말하면 철학자일 뿐 아니라 세계 최고 수준의 위대한 수학자라고 생각합니다. 그때 우리나라가 제대로 된 나라였다면 영국 옥스퍼드로 유학을 보내 위대한 물리학자로 만들었어야 할 사람이에요."

철학자 도올 김용옥이 조선 후기의 대표적인 학자 다산 정약용에 대해 내린 색다른 평가다.

1783년 소과에 합격한 사람들을 불러 축하해주는 자리에서 정조는 정약용에게 얼굴을 들라고 명한 다음 몇 살이냐고 물었다. 서른두 살 정조의 물음에 스물두 살 정약용은 임오생이라고 답한다. 임오년은 정조의 부친 사도思悼세자가 뒤주에 갇혀 목숨을 잃은 해였다. 사도세자가 죽은 해에 태어난 정약용을 정조가 처음 만나는 장면은 두 사람의 운명적인 인연을 떠올리게 한다. 1762년 7월 12일 세자의 사망이 확인되자 영조가 내린 시호 '사도思悼'는 때때로 생각하며 슬퍼한다는 뜻이다.

다산 정약용은 1762년 6월 16일 경기도 마재(지금의 경기도 남양주)에서 태어났다. 그는 어릴 적부터 영특해 네 살 때 《천자문》을 배웠고, 일곱 살 때 '산'이라는 제목으로 시를 지었다. "작은 산이 큰 산을 가리니 / 멀고 가까움이 달라서라네." 정약용은 시를 짓는 솜씨뿐만 아니라 사물을 보는 눈도 남달랐다.

1794년 10월, 젊고 유능한 관리로서 정조의 절대적인 신임을 받았던 정약용은 암행어사가 되어 경기도 지방을 순찰하였다. 다산은 순찰길에서 농민들의 비참한 생활과 지방 관리들의 횡포를 목격하고 〈적성촌에서〉라는 시를 읊었다.

> 시냇가 허물어진 집 뚝배기처럼 누웠는데
> 겨울바람에 이엉 걷혀 서까래만 앙상하네
> 묵은 재에 눈 덮인 아궁이는 차갑고
> 쳇눈처럼 뚫린 벽에 별빛이 비쳐드네
> 집 안의 물건은 쓸쓸하기 짝이 없어

모조리 팔아도 칠팔 푼이 안 되겠네

개 꼬리 같은 조 이삭 세 줄기와

닭 창자같이 비틀어진 고추 한 꿰미

깨진 항아리는 헝겊으로 발라 막고

무너져 앉은 선반은 새끼줄로 얽어맸네

구리 수저 이정에게 빼앗긴 지 오래인데

엊그젠 옆집 부자 무쇠솥 앗아갔네

닳아 해진 무명 이불 오직 한 채뿐이라서

부부유별 이 집엔 가당치 않네

어린 것 해진 옷은 어깨 팔뚝 다 나왔고

날 때부터 바지 버선 걸쳐보지 못하였네

정약용은 적성촌의 참혹한 모습을 묘사하고 있는 이 시를 정조
에게 보여주었다. 임금에게 백성의 실상을 그대로 알려 백성들을 가
난에서 구제하고 싶은 마음이 간절했기 때문이다.

1792년, 정조는 사도세자의 묘소가 있는 수원을 새로운 도시로
만들기 위해 정약용에게 화성의 설계를 명령했다. 다산은 수많은 책
을 읽고 연구하여 2년 만에 설계도를 완성하고 공사 실무를 맡았다.
수원 화성은 1794년 1월에 착공하여 1796년 9월에 완공했다. 정약용
은 화성을 건설할 때 백성을 강제로 동원하지 않고 임금을 주고 고용

했다.

원래 성을 쌓는 국가사업은 백성의 강제 노동, 즉 부역으로 이루어졌다. 그러나 정약용은 백성을 부역에 동원하지 않고 따로 일꾼을 모집한 것이다. 일꾼에게 지급하는 임금은 실적에 따라 차등 지급하는 방식을 적용하였다. 요즘으로 말하자면 성과급 방식으로 노동을 시킨 것이다. 정약용의 획기적인 발상 덕분에 화성 건설은 경제를 살리고 가난한 농민들을 구제하는 국가사업으로 발전할 수 있었다.

1797년 6월 2일, 정약용은 황해도 곡산 부사로 발령이 났다. 다산의 행차가 곡산 땅에 막 들어섰을 때 이계심이 길을 가로막았다. 이계심은 곡산 백성으로 소요 사태를 주도한 인물이었다. 정약용이 부임할 때 서울 사대부들은 그를 체포해서 때려죽이라고 주문했다.

곡산의 소요 사태는 세금 때문에 일어났다. 포군으로 선발되었지만 실제로 복무하지 않는 백성은 포를 내야 했다. 곡산에서 포를 납부해야 하는 백성은 40명이었는데, 1인당 다섯 냥씩 모두 200냥이었다. 그런데 전임 부사와 아전들이 900냥을 징수하여 원망이 자자했다. 세금을 못 내면 관아에 가두고 때렸으므로 돈을 빌리거나 소라도 팔아야 했다. 다른 세금도 상황은 마찬가지였다.

지나친 세금에 불만이 많았던 백성 천여 명은 이계심을 앞세우고 관아에 몰려가 항의했다. 이계심이 세금을 부당하게 부과하는 것이 억울하다고 하소연하자 부사는 그를 주동자로 체포하려고 했다.

그러자 백성들이 순식간에 몰려들어 이계심을 에워쌌다. 아전과 관노들이 곤장으로 마구 치자 사람들은 흩어졌고, 그 사이 이계심도 종적을 감추었다. 멀리 달아나 숨어 있던 이계심은 새로운 부사가 부임했다는 소식을 듣고 자기 발로 찾아온 것이다. 그의 손에는 백성을 병들게 하는 12가지 조항을 자세히 기록한 호소문이 들려 있었다. 정약용은 당장 체포하려는 아전과 군졸들을 제지하며 호소문을 가져오게 하였다. 글을 다 읽은 다산은 "형벌이나 죽음을 두려워하지 않고 백성을 위해 어려움을 호소한 너 같은 사람은 얻기가 어렵다."라며 무죄 석방하였다.

지방 관청에서는 세금으로 포목을 받는데, 백성에게 거두어들일 때는 긴 자를 사용하고 정부에 바칠 때는 짧은 자를 사용하였다. 포목 대신 돈으로 세금을 걷을 때는 포목 값을 높이 매겨 백성을 착취했다. 곡산 부사 정약용은 관아 마당에 표준자를 그려놓고, 포목의 길이를 잴 때는 직접 나와 눈으로 확인했다. 또한 아전들이 포목 값을 올려 세금을 가로채는 일을 금지하였다.

소송사건도 공정하게 심리하여 죄인이 뇌물을 바치고 빠져나가거나 죄 없는 자가 처벌받는 일이 없게 하였다. 또 고을 백성들의 집과 가족 관계, 생활수준 등을 기록해놓은 도표를 만들어 세금을 부과할 때 부정이 없도록 하였다.

정약용이 3년 동안 혼신의 힘을 다해 일한 덕분에 곡산 백성들은 평화로운 나날을 보낼 수 있었다. 관리들을 불신했던 사람들의 마음도 서서히 풀리기 시작하여 많은 백성이 다산을 존경하고 따랐다. 1799년 4월, 정약용은 지방관의 임기를 마치고 한양으로 돌아갔다.

1800년 6월 28일 마흔아홉 살의 나이로 세상을 떠난 정조의 뒤를 이어 순조가 왕위에 올랐다. 11세에 왕이 된 순조가 나라를 다스리기에는 너무 어려서 대왕대비인 정순왕후가 수렴청정을 하였다. 정순왕후는 정조와 달리 천주교도들을 엄하게 처벌했다. 1801년 2월 9일 천주교를 믿는 사람들이 전국에서 잡혀 왔다. 정약용의 둘째 형 정약전, 셋째 형 정약종, 매형인 이승훈도 체포되었다. 한때 천주교 신자였던 정약용도 투옥되었다. 이 사건으로 이승훈과 정약종 등 100여 명이 죽고 400여 명이 귀양을 갔다.

정약용은 경상도 장기를 거쳐 1801년 11월 말에 새 유배지인 전라남도 강진 땅에 도착하였다. 그곳에서 다산은 농민들의 생활을 깊이 관찰하며 많은 시를 썼다.

제비 한 마리 처음 날아와
지지배배 그 소리 그치지 않네.

말하는 뜻 분명히 알 수 없지만
집 없는 서러움을 호소하는 듯

"느릅나무 홰나무 묵어 구멍 많은데

어찌하여 그곳에 깃들지 않니?'

제비 다시 지저귀며

사람에게 말하는 듯

"느릅나무 구멍은 황새가 쪼고

홰나무 구멍은 뱀이 와서 뒤진다오."

★ 정약용, 〈고시 8〉

이 시는 정약용의 고시 27수 중 하나로, 지배층의 횡포와 피지배층의 고통을 풍자한 작품이다. 시적 화자는 제비의 울음소리에서, 삶의 보금자리를 빼앗긴 채 방황하는 백성의 모습을 연상하고 있다. 다산은 약한 자들을 괴롭히는 지배층과 그들에게 끊임없이 수탈당하며 고달픈 삶을 이어가는 피지배층의 모습을 황새·뱀과 제비의 관계로 형상화했다.

유배지에서도 백성의 행복을 생각했던 정약용은 1803년에 한 농민의 처참한 사연을 전해 듣고 〈애절양〉이란 시를 썼다. '애절양哀絶陽'은 남자가 자신의 생식기를 절단함을 슬퍼한다는 뜻이다.

갈밭 마을 젊은 아낙 울음도 서러워라

동헌 향해 통곡하다 하늘에 울부짖네

군인 남편 못 돌아옴은 있을 법한 일이지만

예부터 남자 절양은 들어보지 못했노라

시아버지 죽어서 이미 상복 입었고

갓난아인 배냇물도 안 말랐는데

삼대의 이름이 군적에 실리다니

달려가 억울함을 호소하려 해도

범 같은 문지기 버티어 섰고

이정이 호통하여 소마저 끌고 갔네

남편이 칼을 갈아 방 안으로 뛰어들자

붉은 피 자리에 낭자하구나

스스로 한탄하네 "아이 낳은 죄로구나"

권력층의 억압과 수탈로 고통받는 농민의 실태를 생생하게 묘사한 이 시를 쓴 동기에 대해서 다산은 이렇게 적고 있다.

"내가 지내던 강진 갈밭에 사는 한 농부가 아이를 낳은 지 사흘만에 군보(군대에 복무하는 대신 군에 필요한 세금을 징수하는 것)에 등록되어, 이정에게 커다란 소를 빼앗겼다. 그러자 그 농부는 칼로 자기 생식기를 자르며 '이것 때문에 재앙을 입었다.'라고 하였다. 농부의 아내는 아직 핏방울이 떨어지는 생식기를 관가에 가지고 가 가혹한 세금 징수 실태를 눈물로 호소하였지만, 문지기는 매정하게 쫓아내버렸다. 나는 그 이야기를 듣고 더는 견딜 수 없는 심정으로 이 시를 지었다."

다산은 유배 기간 중 농민들의 생활에 깊숙이 들어가 그들의 애환을 몸으로 느끼며 살았다. 그는 〈애절양〉을 비롯한 여러 시에서 농민들이 느끼는 슬픔과 기쁨을 사실적으로 노래했다. 다산이 1801년에 쓴 〈보리타작〉은 노동 속에서 삶의 보람과 즐거움을 찾는 농민들의 모습을 사실적이고 생동감 있게 묘사한 작품이다.

새로 거른 막걸리 젖빛처럼 뿌옇고

큰 사발에 보리밥, 높기가 한 자로세

밥 먹자 도리깨 잡고 마당에 나서니

검게 탄 두 어깨 햇볕 받아 번쩍이네

응헤야 소리 내며 발맞추어 두드리니

삽시간에 보리 낟알 온 마당에 가득하네

주고받는 노랫가락 점점 높아지는데

보이느니 지붕 위에 보리 티끌뿐이로다

그 기색 살펴보니 즐겁기 짝이 없어

마음이 몸의 노예 되지 않았네

낙원이 먼 곳에 있는 게 아닌데

무엇하러 벼슬길에 헤매고 있으리오

농민들은 즐겁고 흥겨운 마음으로 보리타작에 열중한다. 시적 화자는 그들의 모습을 보면서 육체와 정신이 조화를 이룬 삶의 긍정성을 깨닫는다. 농민들의 건강한 모습을 지켜본 화자는 이를 깨달음과 반성의 계기로 삼고 있다. 그래서 벼슬에 집착하며 살아온 자신의 삶을 성찰하고 육체와 정신이 하나가 되는 삶을 다짐하게 된다.

정약용이 강진에서 처음 머물렀던 곳은 한 노파의 주막집이었다. 초라한 주막 뒷방에서 외로운 나날을 보내던 다산은 아전의 아이들 몇을 가르치게 되었다. 그 소식을 듣고 열다섯 살 소년 황상이 찾아왔다. 이름 없는 시골 아전의 아들은 멋진 스승을 만나는 순간 인생이 달라졌다. 그때가 1802년 10월이었다. 황상은 정약용에게 머리도 나쁘고, 앞뒤가 꼭 막혔고, 분별력도 모자라는데 공부를 할 수 있을지 물어보았다. 정약용은 황상에게 "첫째도 부지런함이요, 둘째도 부지런함이며, 셋째도 부지런함이 있을 뿐이다. 네가 어떤 자세로 부지런히 해야 할까? 마음을 확고하게 다잡아야 한다."라고 말해주었다. 저술에 몰두하느라 바닥에 닿은 복사뼈에 세 번이나 구멍이 난 다산답게 천재의 재능보다 둔재의 노력이 훨씬 더 무섭다고 일깨워주었다.

황상은 스승의 가르침을 평생 잊지 않고, 가슴에 새기고 또 새겼다. 그는 학질(말라리아)에 걸려 몸에 열이 펄펄 끓어도 손에서 책을 놓지 않았다.

다산에게 배움을 시작한 지 1년 반 만에 황상은 첫 번째 시를 지었다. 1805년 겨울에 정약용은 흑산도에서 귀양살이하는 둘째 형 정약전에게 황상이 쓴 시문을 보냈다. 1806년 3월 10일, 정약전은 정약용에게 "월출산 아래에서 이 같은 문장이 나리라곤 생각지도 못했네."라고 황상을 칭찬하는 편지를 보냈다.

황상은 스승이 가르쳐준 대로 송나라 시인 육유의 시를 평생 사숙했고, 예순일곱 살 때 1천 수가 넘는 육유의 시집을 또박또박 베껴 썼다. 다산이 가장 아낀 제자 황상은 1862년에 "스승의 말씀을 마음에 새기고 뼈에 새겨 감히 잃을까 염려하였다. 그때부터 지금까지 61년 동안 마음에 늘 품고 있었다."라고 술회하였다. 그런 제자를 만난 것은 스승에게도 행운이었다.

정약용은 1818년 8월에 기나긴 귀양살이를 마치고 고향인 마재로 돌아갔다. 다산이 강진을 떠나자 황상은 깊은 산골로 들어가 농사를 지으며 살았다.

1828년 11월 12일, 다산은 황상에게 서울에 한번 올라와 얼굴을 보여달라는 편지를 써서 보낸다. 정약용의 간곡한 편지를 받고도 자신의 서울행이 혹시 스승에게 누가 될까봐 7년 넘게 미적거렸던 황상은 1836년 2월에 비로소 상경한다.

1836년 2월 22일은 다산이 혼인한 지 60주년이 되는 날이었다. 황상은 잔치 날짜에 맞추어 찾아뵙고 인사를 올리기 위해서 열흘 넘게 걸어 스승 집에 도착했다. 그가 방 안에 들자 다산은 부축을 받아 자리에 앉았다. 큰절을 올리던 황상은 바닥에 엎드린 채 어깨를 들먹였다. 그날 밤 일흔다섯의 스승과 마흔아홉의 제자는 길게 얘기를 나누었다. 스승의 건강 상태는 듣던 것보다 훨씬 좋지 않았다. 다산은 황상의 말을 알아듣다 맥을 놓곤 했다. 이튿날부터 몸이 급격히 쇠약해지고 의식마저 오락가락해서 잔치를 취소했다. 황상은 스승 곁을 잠시도 떠나지 않고 한 이틀 온갖 정성을 다했다. 다산의 병세는 얼마간 호전되었다. 스승은 정신이 돌아올 때마다 황상이 곁에 있는지 확인했다. 기운이 나면 제자에게 지나온 이야기를 물었다.

우환이 있는 집에 오래 머무르는 것은 경우가 아니었다. 2월 19일 새벽, 황상은 스승에게 작별의 큰절을 올렸다. 다산의 표정은 뜻밖에 담담했다. 정신이 맑지는 않았지만 부축을 받아 자리에서 일어나 앉았다. 황상의 절을 받고는 고개를 끄덕였다. 손을 내밀자 황상이 무릎걸음으로 다가가 다산의 손을 잡았다. 표정 없이 가늘게 떨리는 손은 무게가 전혀 느껴지지 않았다. 다시 자리에 누운 스승의 눈빛은 이미 허공을 맴돌고 있었다.

무조건 스승이 가르쳐준 대로만 했던 제자 황상과 헤어진 뒤 다산은 2월 22일 아침 8시에 세상을 떴다. 먼 친척이었던 홍길주는 부음을 듣고 "수만 권의 서고가 무너졌다."라고 다산의 삶을 한마디로 압축했다. 황상은 서울에 들러 잠깐 구경을 하고 고향으로 내려가려던 길에 스승의 소식을 전해 들었다. 그는 마재로 되돌아와 스승의 영전에 곡을 하고 상복을 입은 채로 고향으로 돌아갔다.

황상의 삶을 바꾼 다산 정약용은 조선 후기의 위대한 실학자다. 또한 2,500여 수의 시를 남긴 위대한 시인이다. 다산이 실학사상을 예술적으로 형상화한 시인의 마음으로 정치를 한 곳이 바로 곡산이다. 정약용에게 곡산의 백성, 조선의 백성은 또 다른 황상이었다.

3

시인의
신념

Belief

흔들리지 않고 피는 꽃이 어디 있으랴

이 세상 그 어떤 아름다운 꽃들도

다 흔들리면서 피었나니

흔들리면서 줄기를 곧게 세웠나니

흔들리지 않고 가는 사랑이 어디 있으랴

● 〈흔들리며 피는 꽃〉 중

꽃은 젖어도
향기는 젖지 않는다

꽃은 진종일 비에 젖어도

향기는 젖지 않는다

빗방울 무게도 가누기 힘들어

출렁 허리가 휘는 꽃의 오후

꽃은 하루 종일 비에 젖어도

빛깔은 지워지지 않는다

빗물에 연보라 여린 빛이

창백하게 흘러내릴 듯 순한 얼굴

꽃은 젖어도 향기는 젖지 않는다

꽃은 젖어도 빛깔은 지워지지 않는다

★ 도종환, 〈라일락꽃〉

세상을 살다보면 자신의 삶이 초라하게 여겨질 때가 있다. 온갖 어려움을 당하여 삶의 무게가 버겁게 느껴질 때도 있다. 가끔은 여태껏 살아온 모습을 벗어나서 다른 존재로 거듭나기를 바랄 때도 있다. 그런 순간에 '꽃은 젖어도 향기는 젖지 않는다' 는 시인의 말은 적잖은 위로가 된다. 못나고 부족한 면이 있더라도 있는 그대로의 자신을 존중하고 사랑하라고 다독여주기 때문이다. '꽃은 젖어도 빛깔은 지워지지 않는다' 는 말을 들으면 왠지 지금껏 살아온 나의 삶을 소중하게 여겨야겠다는 마음이 든다.

2009년 4월 도종환 시인이 온종일 비가 내리는 날에 거리를 걸어가는데 어디서 달콤한 향기가 번져왔다. 주위를 둘러보니 골목 끝에 라일락 꽃나무 한 그루가 서 있었다. 시인은 라일락 꽃 옆을 서성이다가 '꽃은 진종일 비에 젖어도 향기는 젖지 않는다' 라는 꽃의 말을 들었다. 라일락 꽃은 어린 연보라색이라 비에 젖으면 금방 지워질 것 같은데도 제 빛깔을 그대로 지니고 있었다. 도종환은 내일 또 비에 젖어도, 내년에 다시 비에 젖어도 제 빛깔 제 향기를 잃지 않으리란 생각이 들어서 〈라일락꽃〉이란 시를 쓰게 되었다고 한다.

시인 도종환은 1954년 9월 27일 충청북도 청주시 운천동 산직말에 있는 오두막집에서 태어났다. 허리를 굽히고 방으로 들어가야 하는 작은 초가집이었다. 그가 태어난 지 얼마가 지난 뒤에 부모님이 증평으로 이사하여서 열한 살 때까지 그곳에서 살았다. 증평읍에서 잠자리를 잡으며 놀러다니던 길옆의 개울에는 피라미, 송사리, 미꾸라지가 많았다. 그는 개울물 소리에 발을 담그고 있는 걸 좋아했고, 깻잎이 손에 닿았을 때 나는 고소한 향을 좋아했다. 어린 시절에 길가에 핀 꽃들과 함께 자란 그는 열 살 이후 가난과 시련을 겪으며 슬픔에 젖어들 때면 꽃을 보며 위안을 얻었다. 그래서 그의 시에는 꽃의 향기가 묻어 있다고 시인은 고백한다.

도종환이 열한 살 때 아버지가 군납 사업을 하다 크게 실패하는 바람에 집안이 거덜 나고 말았다. 식구들은 뿔뿔이 흩어졌고, 그는 부모와 헤어져 외가에 가서 살았다. 중학교 때 종례가 끝나면 친구들은 문제집을 풀었지만 그는 도서실로 달려가 책을 읽었다. 그때는 참고서나 문제집을 사줄 아버지가 옆에 있지 않았다. 친구들이 수학여행을 떠날 때 같이 갈 수 없었고, 도시락을 싸달라고 말할 수가 없어서 그냥 빈손으로 소풍을 따라갔다 오곤 했다. 아버지와 어머니는 일 년에 두 번, 방학 때나 볼 수 있었다.

외가에서 3년간 중학교에 다닌 뒤 고등학교는 부모가 있던 강원도 원주로 진학을 했다. 구멍가게를 하기도 하고 국수틀을 돌리기도 하던 아버지는 경기도 어딘가로 돈 벌러 떠나고, 어머니가 멸치 장사를 하며 겨우겨우 살아갈 수 있었다. 아버지를 찾아 어머니마저 떠난 뒤에는 저녁을 거르고 학교에 남아 공부하다가 돈을 다 털어 겨우 건빵 한 봉지를 사서 허기를 달랜 적도 있었다. 쌀이 떨어진 걸 보고 친구들이 자루를 들고 여러 친구 집을 다니며 조금씩 걷어다 마루에 던져두고 간 날도 있었다. 수업료를 내지 못해 교무실로 불려 갔다가 집으로 돌아오던 날에는 사는 게 너무 힘들어서 강둑에 자전거를 세워 놓고 쪼그려 앉아 울었다. 시인은 그 시절의 원주를 "외로움이 한 사람의 생을 밀고 가는 도시 너무 추워 스스로 온기를 만들어내야 하는 도시"로 그리고 있다.

도종환은 초등학교 때부터 그림 그리는 걸 좋아했고, 중학교 때는 만화를 곧잘 그렸다. 그가 그린 만화를 종종 동네 아이들이 오 원, 십 원씩 주고 사 갔다. 미술 시간에 크리스마스카드를 그려 불우이웃돕기 바자를 한 적이 있는데, 다른 친구들의 카드는 대개 오백 원에 팔렸지만 그의 카드는 이천 원, 삼천 원에 팔렸다. 고등학교 때 그린 그림 중 한 점은 원주시와 자매결연한 미국의 어느 도시에 걸리기도 했다. 그러나 미대는 돈이 많이 들어 갈 수가 없었다. 대학 진학도 포기할 수밖에 없는 형편이었는데, 결국 국가에서 등록금 전액을 대주는 국립 사범대를 선택하게 되었다. 학과를 정할 때도 돈이 제일 적게 들어보이는 국어교육과를 선택했다.

그 무렵 도종환은 《플란다스의 개》에 나오는 주인공 네로처럼 성실하고 착하게 살아도 가난하게 죽어갈 수밖에 없는 영혼을 생각했다고 술회했다. 화가가 되는 길과는 전혀 다른 길을 걷고 있다는 좌절감이 그를 술에 빠지게 했다. 원하는 대학에 갈 수 없었고, 하고 싶은 걸 할 수 없다는 사실이 그를 절망하게 했다. 책가방에 소주병, 소주잔을 넣어 다니다가 교수님이 판서하는 동안에 술을 꺼내 마시기도 하였다.

객기로 충만한 도종환의 모습을 지켜본 선배들은 그가 문학에 끼가 있다고 생각하여 문학 동아리로 불러들였다. 문학의 길을 가게 된 그는 대학 3학년 봄 '미운 오리 새끼'라는 문학 모임을 만들었다. '미운 오리 새끼'는 눈총받고 손가락질받으며 사는 존재, 아무도 눈여겨보지 않는 존재라는 의미와 함께 언젠가 백조가 되어 푸른 하늘을 날고 싶다는 소망이 잠재된 이름이었다.

도종환은 충북대 사범대학을 졸업하자마자 1977년 3월에 충청북도 옥천군 청산면 청산고등학교로 첫 발령을 받았다. 그곳에서 진초록 어둠이 내리는 6월 저녁 퇴근길에 우연히 박 신부님을 만났다. 신부님을 찾아 처음으로 성당에 간 도종환은 문학, 철학, 종교를 넘나들며 많은 이야기를 나누었다. 그가 윤동주 시인이 얼마나 순수한 삶을 살고자 했던 시인인지 이야기하면, 신부님은 정치적 저항과 시대정신을 얘기했다. 그가 고은 시인을 좋아한다고 하면 고은이 최근에 쓴 시라며 전단에 있는 시를 보여주었다. 그 시는 여성 노동자들이 노동조건 개선을 요구하다 구사대 남자들이 던진 똥물을 뒤집어 쓰고 처참하게 서 있는 사진 옆에 실려 있었다. 그가 자신의 절망도 주체하지 못하여 헤매고 있는데 시대의 양심과 실천을 말하는 김지하의 시집을 손에 들려주었다. 1979년 초에 그는 영문도 모른 채 시골의 작은 중학교로 쫓겨났다. 유신독재가 막바지를 향해 치닫고 있던 시절에 시국을 위해 단식하고 민주화를 요구하는 박 신부님과 자주 만났다는 것이 좌천의 원인이었다.

그는 쫓겨 간 학교에서 세 달을 근무하고 1979년 5월 하순에 군에 입대하였다. 이듬해 휴가를 나와서 대학에 간 제자들을 만났다가 바깥세상 돌아가는 얘기를 들었다. 1980년 서울의 봄, 학내 시위 등의 이야기를 듣고 귀대한 5월은 뒤숭숭했다. 1980년 5월 휴가를 마치고 부대로 돌아간 그가 배치받아 간 곳은 광주에서 제법 멀리 떨어진 여수-순천 간 십칠번 국도의 어느 고갯길이었다. 그곳으로 광주·전남 지역의 예비군 무기고를 열고 카빈총으로 무장한 시민군 차량이 오면 사격하라는 명령이 떨어졌다.

군복을 입은 군인으로서 명령을 거부할 수도 없고, 민간인들을 향해 총을 쏠 수도 없었던 그는 고민에 고민을 거듭하다가 소총의 탄창 버튼을 눌러 탄창을 분리해냈다. 자동으로 발사하게 되어 있는 탄창 맨 위 실탄을 손으로 눌러 빼내어 거꾸로 끼워 넣었다. 그렇게 탄알을 장착해놓으면 방아쇠를 당겨도 총알이 나가지 않았다. 혹시 방아쇠를 잡아당기면 오히려 자신이 죽을 수도 있다고 생각하며 그는 오월의 밤을 견디었다. 요행히 총을 발사하지 않고 오월을 넘겼지만 군복을 입고 그때 그 자리에 있었다는 사실은 그를 부끄럽게 했다. 시인은 십 년이 지나고 이십 년이 지나도 부끄러움은 여전히 지워지지 않는다고 말했다. 도종환은 탄알을 거꾸로 장착한 며칠 뒤에 수첩에다 시 한 편을 썼다.

사격명령이 떨어지던 날

탄창 속의 M16A1 신형 탄알처럼

징발된 민간차량에 가지런히 탑승되어

비포장도로를 달려갔다.

정갈한 저녁 바람은 예년처럼

보리 수염을 쓸어가고

개인호를 파고 들어앉은 우리 앞에

인도지나의 풍문으로 듣던 안개가

호남평야를 기어오고

바리케이드 뒤에서 몰래 탄창 제일번 실탄을

거꾸로 장전하는 짧은 순간

가장 깊은 밤의 이슬이

어깨를 밀고 들어왔다.

그 밤 터무니없는 죽음의 가도에서

고려 중기의 젊은 농군을 만나고

망이와 망소이를 만나고

정중부의 다듬어진 칼과 보현원의 차디찬

화강암에 이마를 부딪고 쓰러진

그 흔한 죽음의 기록도 없는 한 야사의

문신들을 만났다.

십칠번 국도 위에서 역사를 우롱하던 바람은

한 찰나도 빼놓지 않고 피묻은

뻐꾹새 울음을 귓가에 실어오고

부대끼는 밤 구름을 능선 위에 옮겨왔다.

안전장치를 풀고 방아쇠를 당겨도

이제 나의 개인화기는 발화하지 않을 것이다.

참으로 부끄럽지 않은 사람은 누구인가

역사여, 우리를 시험에 들게 하는 역사여

구름 그림자에 눌리운 이 깜깜한 오월의 국도 위에서

참으로 부끄럽지 않은 사람들은 누구인지

당신도 헤아리고 있는가.

★ 도종환, 〈삼대 8. 사격명령〉

1980년 5월 17일 밤 11시 40분, 신군부는 5월 17일 24시(5월 18일 0 시)부터 비상계엄을 전국으로 확대한다고 발표했다. 5월 18일 오전 10시, 휴교령을 내린 상태에서 전남대 정문에 모여든 학생 100여 명과 무장 공수 대원이 대치하였다. 공수 대원들은 쇠심이 박힌 살상용 곤봉을 학생들에게 휘둘렀다. 계엄군은 곤봉으로 패고, 대검으로 찌르면서 시위 군중을 가혹하게 진압하였다. 광주 시민은 5월 18일부터 27일까지 계엄령 철폐와 민주정부 수립, 전두환 보안사령관과 신군부 세력 퇴진 등을 요구하며 민주화 운동을 전개했다.

계엄군은 5월 20일 오후 2시 30분에 화염방사기를 사용하였고, 밤 11시 30분에는 광주역 부근에서 최초로 소총 사격을 했다. 도종환의 시는 당시에 동족을 살상하라는 사격명령을 받은 군인들의 총구가 비단 시민뿐만이 아니라 그들 자신의 가슴에도 겨누어진 것임을 보여준다. 시를 통해 '참으로 부끄럽지 않은 사람은 누구인가'라고 토로했던 도종환의 인생은 광주라는 갈림길에서 광주 이전과 광주 이후로 갈라졌다. 문학적 진실이 삶의 진실에서 우러나와야 한다고 생각한 그는 제대하고 나서 대학 때부터 써온 원고를 쌓아놓고 불을 질렀다. 절망적이고 암울한 몸짓이 문학 창작의 주요 토양이라 여겼던 날들과 삶의 모습에 결별을 선언한 것이다.

제대 후 도종환이 복직한 곳은 충청북도 청원군 부용면에 있는 부강중학교였다. 그곳에서 아이들을 가르치고 있을 때 첫아기가 태어났다. 이듬해 봄에 그의 아내가 토혈했다. 병원에서는 십이지장궤양이니 크게 걱정하지 말라고 했다. 그런데 가을에 또 토혈했다. 의사는 피가 고였다 넘어오는 것 같으니까 수술하자고 했다. 수술하면 배 속의 아이를 지워야 하므로 약물치료를 선택했다. 겨울을 지내고 무사히 딸아이를 낳았다. 겨우 몸을 추스른 뒤 병원에 갔더니 의사가 암인 것 같다며 서울로 가보라고 권했다. 서울의 원자력병원에 가서 검사를 해보았더니 암에 걸려서 길어야 여섯 달 아니면 한두 달밖에 살지 못할 수도 있다고 했다. 도종환은 차마 입에서 말이 떨어지지 않아 아내에게 병명을 알려주지 못하고 계속 미루기만 했다.

암에 걸렸다는 말을 더 미룰 수 없게 된 날, 어떤 방식으로 말을 해주어야 할지 고민하며 밤을 새우다시피 하였다. 옥수수 잎에 빗방울이 투두둑 떨어지는 밤이었다. 아침에 시내버스를 타고 학교로 출근하는데, 시골집 담벼락에 줄지어 핀 하얀 접시꽃이 눈에 들어왔다. 몸에서 계속 피가 빠져나가 창백해져 있는 아내의 얼굴과 접시꽃이 겹쳐 보였다. 빈 도서실로 올라가 아내에게 해줄 말을 종이에 쓰기 시작했다.

보다 큰 아픔을 껴안고 죽어가는 사람들이

우리 주위엔 언제나 많은데

나 하나 육신의 절망과 질병으로 쓰러져야 하는 것이

가슴 아픈 일임을 생각해야 합니다

콩댐한 장판같이 바래어가는 노랑꽃 핀 얼굴 보며

이것이 차마 입에 떠올릴 수 있는 말은 아니지만

마지막 성한 몸뚱어리 어느 곳 있다면

그것조차 끼워 넣어야 살아갈 수 있는 사람에게

뿌듯이 주고 갑시다

기꺼이 삶의 어느 부분도 떼어주고 가는 삶을

나도 살다가 가고 싶습니다

★ 도종환, 〈접시꽃 당신〉

병상에서 이 시를 읽어주며 도종환 시인은 울었지만 아내는 울지 않았다. 그의 아내는 자기가 죽거든 눈을 다른 이에게 기증해달라고 말했다. 그는 견우직녀가 한 해 한 번 만나는 칠석날, 서른두 살의 동갑내기 아내를 옥수수 밭 옆에 묻었다. 도종환의 아내는 생전에 병상에 누워 "그동안 당신의 뒷모습만 보면서, 그 뒷모습을 용서하면서 살았다."라고 말한 적이 있다고 한다. 아내가 말한 '당신의 뒷모습'은 아침이면 학교로 가는 뒷모습, 돌아오면 책상에 앉아 있는 뒷모습, 시를 쓴다는 이유로, 공부한다는 이유로 그냥 지켜보아야 하는 뒷모습이었다. 도종환의 산문집《사람은 누구나 꽃이다》에는 '우리가 배우자를 위해 할 수 있는 최선의 일은 배우자에게 처음보다 나아지고 흥미로운 나를 선물하는 것'이라는 구절이 나온다. 제임스 홀리스가 했다는 그 말을 되새겨볼 때마다 '접시꽃 당신'을 향한 그의 애절한 마음이 느껴져 가슴이 짜릿하다.

도종환은 두 번째 시집 《접시꽃 당신》을 펴낸 1986년부터 문화운동 단체와 교육운동 단체를 만드는 일을 시작했다. 그는 1986년 12월 4일에 결성한 충북문화운동연합의 공동의장을 맡았다.

1986년 1월 15일 새벽, 어느 여중생이 유서를 써놓고 세상을 떠났다.

> 난 1등 같은 것은 싫은데
> 앉아서 공부만 하는 그런 학생은 싫은데
> 난 꿈이 따로 있는데,
> 난 친구가 필요한데
>
> 난 인간인데
> 난 친구를 좋아할 수도 있고
> 헤어짐에 울 수도 있는 사람인데
> 모순, 모순, 모순이다
> 경쟁! 경쟁! 공부 공부
> 순수한 공부를 위해서 하는 공부가 아닌

멋들어진 사각모를 위해

잘나지도 않은 졸업장이라는 쪽지 하나 타서

고개 들고 다니려고 하는 공부

공부만 해서 행복한 건 아니잖아!

공부만 한다고 잘난 것도 아니잖아!

무엇이든지 최선을 다해 이 사회에 봉사하고

가난하고 불쌍한 사람들을 위해 조금이라도

도움을 주면 그것이 보람 있고 행복한 거잖아

꼭 돈 벌고 명예가 많은 것이 행복한 게 아니잖아

나만 그렇게 살면 뭘 해

난 로보트도 아니고 인형도 아니고

돌멩이처럼 감정이 없는 물건도 아니다

밟히다 밟히다, 내 소중한 삶의 인생관이나

가치관까지 밟혀 버릴 땐

난 그 이상 참지 못하고 이렇게 떤다

행복은 성적순이 아니잖아!

행복은 성적순이 아니잖아!

청주대 무용학과 강혜숙 교수는 우리춤연구회와 함께 〈행복은 성적순이 아니잖아요〉라는 무용극을 만들었다. 당시 옥천군에 있는 동이중학교에서 근무하던 도종환은 대본을 쓰는 일에 참여했다. 무용극을 공연할 때 조명을 끈 상태에서 배우가 낭독하는 여중생 O양의 유서는 많은 이들을 울렸다. 〈행복은 성적순이 아니잖아요〉는 그해 겨울부터 전국 20개 도시에서 80회 이상 순회공연을 하였다. 1989년에는 배우 이미연과 허석이 주인공으로 나오는 영화로도 제작되었다.

도종환이 창립준비위원장을 맡은 충북교사협의회는 1987년 11월 21일에 창립을 했다. 1987년 9월 전남교사협의를 시작으로 전국 각지에서 교사협의회를 결성하였다. 전국교사협의회에 참여한 교사들은 아이들이 목숨을 끊을 정도로 견딜 수 없어 하는 잘못된 교육 구조를 바로잡기 위해서는 법으로 보장된 교사들의 단체가 필요하다는 생각을 했다. 그래서 1989년 5월 28일에 '민족 · 민주 · 인간화 교육'이라는 기치를 내걸고 전국교직원노동조합(전교조)을 결성하였다. 노태우 정권은 전교조가 불법이라며 교직원 노동조합에 가입한 교사들의 해직을 결정하였다. 독재 권력은 국가기관을 총동원하여 전교조 탈퇴를 강제하고 조합원들을 가혹하게 탄압하였다. 이에 맞서 전교조 탈퇴를 거부한 교사 1,527명이 파면, 해임되고 64명이 구속되었다.

참교육 실현을 위해 전국교직원노동조합의 깃발을 높이 올린 날부터 정부 당국은 전교조 교사들을 탄압하였다. 전교조 충북지부 결성을 주도했던 도종환이 교무실에서 성적표 가정통신란을 쓰고 있는데 형사 다섯 명이 들이닥쳤다. 형사들은 그의 손에 수갑을 채우고 경찰서까지 연행했다. 경찰차가 학교를 떠날 때 뒤를 돌아다보니 차창 밖으로 아이들이 울면서 달려오는 게 보였다. 이튿날 아버지가 경찰서로 찾아왔다. 전교조 탈퇴서를 써주면 교육청에서 풀어주겠다고 약속했으니까 나가자고 하였다. "에미 없는 어린 자식들은 누가 돌보란 말이냐? 너는 처지가 달라 사람들이 다 이해하니까 걱정하지 말고 탈퇴서를 써라."라고 말씀하셨다. 도종환은 아버지가 원하는 대답을 해드릴 수가 없었다. 면회가 끝나 다시 포승줄에 묶이고 수갑을 찬 뒤 교도소로 넘어가는 차를 타고 경찰서를 돌아 나오다 경찰서 담에 이마를 대고 울고 계시는 어머니를 보았다.

그는 청주 중앙중학교에서 해직되고 감옥에 갔힜다. 청주교도소에 수감된 도종환은 다른 재소자들과 같이 지내다가 독방으로 옮긴지 얼마 되지 않아 어린 아들의 편지를 받았다. 아직 초등학교도 들어가지 않은 나이인데 누가 가르쳐주었는지 한글을 깨쳐 비뚤비뚤한 글씨로 보내온 편지였다. 세상에 태어나 처음 배운 글씨로 감옥에 있는 아빠에게 편지를 쓰게 하였다는 생각을 하니 가슴이 메었다.

1989년 8월 10일 청주법원에서 열린 도종환 시인의 공판을 방청했던 산척중학교 임종헌 교사는 그날의 풍경을 다음과 같이 전하고 있다.

"도종환 선생의 공판이 청주지방법원 1호 법정에서 있었다. 그는 지난 6월 24일 전교조 결성과 관련하여 청주시 교육청의 형사 고발조치로 청주 경찰서에 연행되었다가 구속되었다. 이번이 제1차 공판이다.

방청석에는 그의 부친을 비롯하여 친지, 교사, 재야 민주인사, 학생 등 약 200여 명이 꽉 들어차 있다. 11시 30분쯤 되었을까. 수의를 입은 그가 법정으로 들어서자 방청객들은 일제히 일어나 기립박수로 맞는다. 죄수의 몸으로 방청객들의 열렬한 박수를 받는 이 기막힌 현실은 무엇을 의미하는 것일까! 정작 피고석에 앉아 심판을 받아야 할 자들은 누구인가!

심리에 앞서 재판에 임하는 도종환 선생의 얘기가 약 15분간에 걸쳐 있었다.

'저는 교육 경력 십 년 동안 다섯 학교를 쫓겨 다녀야 했으며, 노태우 대통령의 6·29선언 이후 사회 민주화의 기대 속에서 2년간 노력해 왔으나 다시 문제 교사로 낙인찍혀 이 법정에 서게 되었습니다. 저는 정권이 바뀔 때마다 교과서가 바뀔 정도로 정권 안보의 도구가 되어버린 우리 교육을 이대로 두었다가는 민족의 밝은 앞날을 내다볼 수 없다고 판단하였습니다. 그래서 교육의 정치적 중립을 지켜나가고, 교육부를 대화의 자리로 끌어낼 수 있는 교직원 노조 결성에 나서게 되었습니다. 교직원 노조가 진실로 지키고자 하는 가치는 강자의 폭력으로 유지되는 거짓 평화와 안정이 아니라 참된 자유·민주 정신과 민족 간의 화해와 사랑입니다. 이러한 우리의 노력을 탄압하는 당국에 대해서 저는 강력하게 항의하는 바입니다.'

도종환 선생의 최후진술이 끝나자 법정 안은 우레와 같은 박수 소리로 가득하다.

공판은 약 한 시간 반에 걸쳐 진행되었다. 도종환 선생은 시종일관 교육 민주화와 자주화 노력의 정당성을 체험으로 증명해나간다. 그의 인간적 성실성과 용기에 감동받은 방청객들이 재판 중임에도 아랑곳하지 않고 박수를 보낸다. 만약의 사태에 대비해 법정 안에 들어와 있던 전투경찰 중에도 그의 교육 민주화에 대한 열정에 고개를 끄덕이며 공감을 표시하는 사람이 있었다.

오늘 아침 도종환 선생의 막내딸 한결이가 놀이터에서 놀다가 그만 팔이 부러지는 중상을 입었다는데……. 그가 이 사실을 알고 있을까? 변호사가 '이렇게 영어의 몸으로 묶여 있는데 엄마가 없는 아이들 걱정은 들지 않느냐?'라고 묻자, 그는 '하느님이 지켜주실 것'이라고 답변한다. 한결이의 사고 소식을 알고 있는 교사 대부분은 그 말에 그만 눈물이 그렁그렁 한다.

오후 한 시쯤 되어 공판은 끝났다. 재판이 끝나자 도종환 선생은 방청객들의 열렬한 박수를 받으면서 법정을 나갔다. 그는 수갑을 찬 두 손을 번쩍 들어 방청객들에게 답례를 보내온다. 누군가의 입에서 먼저 교원노조가가 시작되자 방청객들은 법정을 떠나지 않고 노래를 부른다. 가슴 한구석을 진하게 전해오는 그 무엇이 느껴진다."•

도종환과 부자간의 의를 끊겠다고 선언한 아버지, 면회도 오지 않던 아버지는 법정에서 방청객의 박수 소리를 들으며 그의 편이 되기 시작했다. 해직 교사 가족 모임에도 나가고, 교육부나 교육청에 항의 방문하러 다녔다.

도종환 시인은 1심에서 징역 1년에 집행유예 6월을 선고받았다. 3차에 걸친 재판 끝에 대법원 최종심에서는 벌금 30만 원형으로 감형되었고, 1989년 8월 28일 풀려났다. 결국 벌금 30만 원 정도의 죄인데 구속되고 감옥살이를 했던 것이다.

도종환은 막상 해직되고 나니 살길이 막막했다. 해직 교사들과 수도 없이 대책 회의를 했지만 다시 학교로 돌아갈 희망이 보이지 않았다. 경제적인 어려움이 정신적인 어려움으로 변해가면서 희망을 접는 사람들이 하나둘씩 생겨났다.

한번은 회의 중에 답답한 생각이 들었다. 나도 희망을 버리고 나 혼자 살길을 찾는 게 낫지 않을까 하는 생각이 슬머시 솟아올랐다.

• 임종헌, 〈도종환 선생의 공판정에 울려 퍼진 교원노조가〉, 《참교육 일기》, 참세상, 1991.

글을 쓰면서 경제적으로 걱정 없이 살 수 있을 텐데 하는 계산을 해보기도 하였다. 그는 너무 답답해서 고개를 돌려 창밖을 내다보았다. 창밖에 보이는 옆 건물 벽에는 담쟁이가 가득 출렁이고 있었다. 저 담쟁이는 벽에 살면서도 저렇게 푸르구나 생각하면서 쳐다보았다. 그러다 다시 생각해보니 담이란 곳은 흙 한 톨도 없고 물 한 방울도 나오지 않는 곳이었다. 저런 데서 살아야 한다고 했을 때 담쟁이는 얼마나 원망스러웠을까 하는 생각이 들었다. 주위에는 산도 있고 숲도 있고 비옥한 땅도 널려 있는데 왜 우리만 하필 이런 곳에서 살아야 하느냐고 얼마나 원망했을까 하는 생각으로 이어졌다. 그러나 담쟁이는 원망만 하지 않고 앞으로 나아간 것이었다.

뿌리로 벽을 뚫고 들어갈 수는 없지만 붙들고 포기하지 않았던 것이다. 자기만 살길 찾겠다며 백 발짝을 달려가지 않고, 이파리 백 개와 손에 손을 잡고 한 발짝씩 나아가느라 느리게 가는 것이었다. 정말 견딜 수 없이 힘든 날도 있지만 자신을 믿고 말없이 벽을 오르는 담쟁이를 생각하며 도종환은 회의 서류 뒷면에다 연필로 조그맣게 시를 쓰기 시작했다.

어쩔 수 없는 벽이라고 우리가 느낄 때

그때

담쟁이는 말없이 그 벽을 오른다

물 한 방울 없고 씨앗 한 톨 살아남을 수 없는

저것은 절망의 벽이라고 말할 때

담쟁이는 서두르지 않고 앞으로 나아간다

한 뼘이라도 꼭 여럿이 함께 손을 잡고 올라간다

푸르게 절망을 다 덮을 때까지

바로 그 절망을 잡고 놓지 않는다

저것은 넘을 수 없는 벽이라고 고개를 떨구고 있을 때

담쟁이 잎 하나는 담쟁이 잎 수천 개를 이끌고

결국 그 벽을 넘는다

★ 도종환, 〈담쟁이〉

    도종환 시인은 담쟁이처럼 살기로 했다. 나 혼자 살길 찾으려 하지 말고 함께 손잡고 어려운 벽을 헤쳐나가기로 마음먹었다. 나날의 일상에서 벽을 만났을 때 포기하지 않으면서, 서로 연대하고 협력하여, 마침내 절망적인 환경을 아름다운 풍경으로 바꿀 수 있다면 담쟁이처럼 벽을 넘는 것도 한 방법이라고 생각하였다.

    그는 해직 교사들의 복직을 위해 단식농성을 하다가 쓰러져서 여섯 달 동안 쉬고 있던 1994년에 여섯 번째 시집 《사람의 마을에 꽃이 진다》를 출간했다. 그 시집에 실려 있는 시 중의 하나가 〈흔들리며 피는 꽃〉이다.

흔들리지 않고 피는 꽃이 어디 있으랴

이 세상 그 어떤 아름다운 꽃들도

다 흔들리면서 피었나니

흔들리면서 줄기를 곧게 세웠나니

흔들리지 않고 가는 사랑이 어디 있으랴

젖지 않고 피는 꽃이 어디 있으랴

이 세상 그 어떤 빛나는 꽃들도

다 젖으며 젖으며 피었나니

바람과 비에 젖으며 꽃잎 따뜻하게 피웠나니

젖지 않고 가는 삶이 어디 있으랴

★ 도종환, 〈흔들리며 피는 꽃〉

꽃은 바람에 흔들리고 비에 젖는 존재다. 꽃이 바람에 흔들리거나 비에 젖는 일은 고난을 겪는 것이다. 그런데 고난이나 시련을 거치지 않으면 무엇 하나 훌륭한 열매를 맺을 수 없다. 대나무가 휘어지지 않고 똑바로 자랄 수 있는 것은 줄기의 중간 중간을 끊어주는 시련이라는 마디가 있기 때문이다. 바람에 흔들리고 비에 젖으며 피었기에 꽃은 더욱 아름답고 빛나는 존재로 거듭날 수 있다.

시련이나 고난으로 힘들어하는 이들에게 시인은 '이 세상 그 어떤 아름다운 꽃들도 다 흔들리면서 피었다'며 따뜻한 위로의 말을 건네고 있다. '빛나는 꽃들도 바람과 비에 젖으며 꽃잎 따뜻하게 피웠다'며 견디기 어려운 고통으로 힘겨워하는 사람들의 마음을 어루만져주고 있다. 시인의 말처럼 흔들리지 않고 가는 사랑이 어디 있으랴? 젖지 않고 가는 삶이 어디 있으랴?

1998년, 도종환은 해직된 지 9년 만에 충청북도 진천군 덕산면에 있는 덕산중학교에 복직하였다. 이듬해인 1999년 1월 6일 교원노조법이 국회를 통과해 전교조는 그해 7월 1일 합법적인 노동조합이 되었다.

도종환은 덕산중학교 학생들 앞에서 "여러분 곁으로 돌아오고 싶었습니다. 여러분 곁으로 돌아오기 위해 많이 힘들었고, 많은 것을 잃었으며, 많은 것을 버려야 했습니다. 학생 여러분을 위해, 여러분과 함께, 여러분 편에 서서 일하겠습니다."라는 인사말을 했다.

그러나 도종환 시인이 만난 아이들은 9년 전의 그 아이들이 아니었다. 자유분방하고 개성이 강하며 자기표현에 서슴없는 아이들이지만 한편으로는 산만하고 거칠고 충동적인 아이들이었다. 수업 시간에도 예사로 욕설이 쏟아져 나오고, 교실 바닥에 침을 뱉어댔다. 수업 중에 돌아다니거나 멀리 떨어져 있는 친구와 큰 소리로 말을 주고받거나, 아예 잠을 자기도 하는 등 수업을 방해하는 말과 행동이 자연스럽게 튀어나왔다.

복직 직후에는 아이들과 전쟁을 하다시피 했다. 교실이 무너지고 있는 모습을 보면서 너무 충격을 받았다. 십 년간 준비한 창의적인 수업 방식도 먹혀들지 않았고, 아이들과 만나는 방식도 겉돌고 있었다.

도종환은 한 학기가 끝나고 새 학년이 시작되면서 아이들과 전쟁을 하지 말고 연애를 하자고 생각했다. 다시 아이들 편에 서자, 아이들을 진정으로 사랑하자고 마음먹었다. '교사 십계명'을 책상 유리판 밑에 넣어두고 아이들 때문에 갈등하고 고민할 때마다 읽었다.

첫째, 하루에 몇 번이든 학생들과 인사하라. 둘째, 학생들에게 미소를 지으라. 셋째, 학생들의 이름을 부르라. 이름 부르는 소리는 누구에게나 가장 감미로운 음악이다. 넷째, 칭찬을 아끼지 말라. 다섯째, 친절하게 돕는 교사가 되라. 학생들과 우호적 관계를 맺기 원한다면 무엇보다도 친절하라. 여섯째, 학생들을 성의껏 대하라. 일곱째, 항상 내 앞에 있는 학생의 입장을 고려하라. 여덟째, 학생들에게 진심으로 관심을 가지라. 아홉째, 봉사를 머뭇거리지 말라. 교사의 삶에서 가장 가치 있는 것은 학생을 위해 사는 것이다. 열째, 깊고 넓은 실력과 멋있는 유머에 인내, 겸손을 더하라.

그가 마음을 비우고 아이들과 어울리려고 노력하니 6개월쯤 지나서 아이들이 하나둘씩 마음을 열기 시작했다. 학생 수가 300여 명 정도인 덕산중학교 아이들은 그에게 다시 가르치는 기쁨을 안겨 주었다. 도종환은 2002년《여성동아》기자와의 인터뷰에서 "아이들이 커가면서 점차 생각이 깊어지고, 글 쓰고 말하는 것이 달라지는 걸 보는 것만큼 기쁜 일은 없다."라고 말했다.

중학교 입학을 하는 날, 동완이는 낡고 찢어져 꾀죄죄한 파카를 입은 채 현관에 서 있었다. 도종환은 터부룩한 머리에 해진 옷을 입고 입학식에 온 동완이에게 졸업생 교복 한 벌을 구해다 입혔다. 공책과 연필 등 필요한 학용품도 사주었다.

그해 오월 초, 동완이네 반 담임교사가 가정 사정으로 휴직하게 되자 도종환 시인이 자원해서 학습부진아인 동완이의 담임이 되었다. 집에서 버스표 살 돈을 주지 않아 50분 정도를 걸어서 학교까지 오는 동완이에게 그는 자전거를 사주었다. 자전거 가게에서, 어머니가 농약을 먹고 돌아가신 뒤부터 동완이가 점점 뒤떨어지는 아이가 되었다는 말을 들었다. 아침밥도 못 먹고 오는 날도 잦아서 급식 지원 대상자로 선정하고 학교에서 밥을 먹였다.

어느 날, 체육 시간에 벗어놓고 간 옷에 들어 있던 돈을 동완이가 훔치는 일이 생겼다. 불쌍하게 생각하고 돌보아준 것에 대한 실망과 돈을 숨기고 내놓지 않는 것에 대한 화를 삭이지 못하고 매를 들었다. 동완이는 매를 한 대 맞을 때마다 돈을 꺼내 놓았다. 그러나 그는 다그치고 때려서 돈을 찾아낸 것과 지금까지 들인 공이 다 헛수고였다는 생각에 마음이 무거웠다.

도종환은 동완이가 양말 없이 다니면 양말을 사주고, 팬티와 러닝셔츠와 실내화를 사주고, 운동화를 사 신기고, 머리를 못 깎고 오면 이발소에 데려가 머리를 깎아주었다. 하지만 동완이는 달라지지 않았다. 초등학생들과 함께 구멍가게에서 먹을 것과 돈을 훔치기도 하고, 훔친 담배를 피우다가 나중에 들통이 나기도 했다. 가출이 잦았고 그때마다 동네에선 돈이나 패물이 없어졌다.

그는 차츰 지치기 시작했다. 아무리 사랑과 관심을 쏟아부어도 밑 빠진 독에 물을 붓고 있는 것일 뿐 달라지는 것은 하나도 없었다. 그러다가 어쩔 수 없이 청소년 상담소를 찾아가 상담한 결과 동완이가 병적 도벽이 있다는 걸 알게 되었다. 동완이는 알코올중독증에 걸린 아버지에게 학대받을 때마다 가출을 하고 도둑질을 했던 것이다.

그래도 다행스러운 일이 한 가지 있었다. 동완이의 옷이 찢어지면 꿰매어주고 더러우면 빨래도 해주는 여선생님이 있었던 것이다. 또한 교사들이 만 원씩을 거두어 수학여행비를 마련해서 수학여행도 데려가고 옷도 사주었다. 도종환 역시 동완이를 포기하지 않고 졸업할 때까지 3년간 담임을 맡으며 아침저녁으로 차에 태워 등하교를 시켰다.

그렇게 졸업시킨 동완이는 읍내 고등학교로 진학했지만 몇 년 뒤 다시 구멍가게에 들어가 빵을 훔치다 소년원에 갔다.

중학교를 졸업한 뒤에도 동완이는 잊을 만하면 전화를 했다. 학교를 못 나가고 있다고, 아버지가 교도소에 들어갔다고, 일시보호실에 와 있다고, 한밤중에 빗속에서 시설을 탈출했는데 갈 데가 없다고, 소년원으로 면회와달라고 전화를 했다. 도종환은 그때마다 달려갔다.

동완이는 소년원에서 형기를 마치고도 로뎀청소년학교로 옮겨 6개월 동안 더 생활했다. 어느 날 도종환 시인은 청소년학교로부터 음악회를 보러 오라는 연락을 받았다. 그는 제천시 야외음악당에서 열린 음악회 장면을 〈가르침은 시시포스 신화처럼 끝이 없었습니다〉라는 글에서 다음과 같이 그리고 있다.

"음악회 마지막 순서에 로뎀청소년학교 학생들이 나왔습니다. 동완이가 첼로를 들고 맨 가장자리에 앉아서 〈사랑으로〉를 연주하는 모습을 지켜보면서 울었습니다. 물론 남들보다 굼뜨고 서툴러 보였지만 그것은 제게 중요하지 않았습니다. 밤에 잠긴 가게 문 자물쇠를 몰래 따기 위해 드라이버와 연장을 들었던 손으로 악기를 들고 있다는 사실이 고맙기 그지없었습니다. 그동안 수없이 남의 집 담을 넘고, 경찰서를 들락거리며 아무 데나 팽개치던 몸으로 첼로를 끌어안고 있는 모습이 고마웠습니다. 이제껏 남에게 손가락질만 받아왔는데 박수를 받고 있다는 사실이 감사했습니다. 동완이에게 바이올린과 첼로를 가르쳐주신 선생님이 고마웠습니다. 손이 뜨겁도록 박수를 쳤습니다. 손에 들었던 첼로를 놓고 동완이가 다시 경찰서를 들락거리는 날이 오지 않을 거라고 장담할 수 없습니다. 그러나 저는 객석에 앉아 눈물을 흘리면서 박수를 치지 않을 수 없었습니다."

도종환은 덕산중학교에 근무할 때 동료 교사들과 한 달에 한 번씩 학교 밖에서 수업을 진행했다. 그 사례를 모아 2002년 교육부에 응모, 교과교육연구활동 최우수 연구팀으로 뽑혔고 함께 참여한 교사 전체가 교육부 장관 표창을 받았다. 2003년에는 교육방송(EBS)에서 주는 제1회 '신나는 학교상' 을 받았다.

그해 3월, 도종환은 몸의 균형이 깨지고 면역력이 떨어지면서 '자율신경실조증' 에 걸려 휴직계를 제출했다. 자율신경실조증은 감기처럼 사소한 병이라도 한 번 걸리면 일 년이 지나도 낫지 않는 병이었다. 아무리 병원에 다니고 약을 먹고 주사를 맞아도 병은 커지기만 할 뿐이었다. 그는 휴직을 거듭하다 학생들과 동료 교사들에게 짐이 되는 것 같아 2004년 2월 학교에 사직서를 냈다.

도종환 시인은 요양하기 위해 충북 보은군 산골에 황토집을 짓고 살면서 시 쓰는 작업을 계속하고 있다. 황토집의 이름은 '구구산방' 인데 거북이처럼 느리게 살자는 뜻이다.

시인은 처음 산에 들어올 땐 나 혼자 있다고 생각했다가 나중엔 숲에서 꽃과 나무들, 짐승들과 같이 있는 거지 혼자 있는 게 아니라고 생각하게 되었다고 한다.

도종환은 몇 년씩 산속에 들어앉아 혼자 고요히 보내는 이 시간이 축복받은 시간이라 생각하며 구구산방에서 〈축복〉이란 시를 썼다.

이른 봄에 내 곁에 와 피는
봄꽃만 축복이 아니다
내게 오는 건 다 축복이었다
고통도 아픔도 축복이었다
뼈저리게 외롭고 가난하던 어린 날도
내 발을 붙들고 떨어지지 않던
스무 살 무렵의 진흙 덩이 같던 절망도
생각해 보니 축복이었다
그 절망 아니었으면 내 뼈가 튼튼하지 않았으리라
세상이 내 멱살을 잡고 다리를 걸어
길바닥에 팽개치고 어둔 굴속에 가둔 것도
생각해 보니 영혼의 담금질이었다
한 시대가 다 참혹하였거늘
거인 같은, 바위 같은 편견과 어리석음과 탐욕의
방파제에 맞서다 목숨을 잃은 이가 헤아릴 수 없거늘
이렇게 작게라도 물결치며 살아 있는 게
복 아니고 무엇이랴

육신에 병이 조금 들었다고 어이 불행이라 말하랴

내게 오는 건 통증조차도 축복이다

죽음도 통곡도 축복으로 바꾸며 오지 않았는가

이 봄 어이 매화꽃만 축복이랴

내게 오는 건 시련도 비명도 다 축복이다

★ 도종환, 〈축복〉

시인은 지금까지 살아오면서 겪었던 가난, 외로움, 좌절, 절망, 방황, 해직, 투옥, 시련, 고난, 질병 이 모든 것들이 다 고마운 것이라고 말했다. 눈물은 마음을 맑게 씻어주는 힘이 있다고, 한 사람의 생애 전체를 놓고 보면 세상에 의미 없이 오는 고통은 없다고 했다. 고통 속에서 무엇을 깨달아야 하는지 찾고자 했다고 고백했다.

그의 시를 사랑하는 독자들에겐, 한 생애를 곧게 산 나무의 직선이 모여 가장 부드러운 자태로 앉아 있는 절집처럼 삶도 문학도 '부드러운 직선' 같기를 꿈꿨던 시인 도종환의 삶과 시를 만나게 된 것 또한 축복이다.

한평생 남과 북 다니느라고

맘먹은 일 따라서 어긋나누나

고국은 바다 서편 언덕 너머요

외로운 이 배는 하늘 끝이네

● 〈일본에서〉 중

🌿 이 몸이 죽고 죽어
일백 번 고쳐 죽어

1250년대 전라북도 전주, 이안사는 자신을 따르는 사람들을 데리고 자정이 넘은 시각에 고을 어귀를 빠져나왔다. 어여쁜 관기를 놓고 다툰 일 때문에 산성별감이 그를 해치려 하자 몰래 도망치는 중이다. 이안사 일행이 도착한 곳은 강원도 삼척현이다. 낯선 땅에서 그럭저럭 자리를 잡아가나 했더니 하필이면 새로 부임해 온 사또가 바로 그 산성별감이었다. 이안사는 다시 일행을 데리고 고려의 북쪽 끝 동북면으로 길을 떠났다. 나이가 스물에 불과한 이안사를 따라나선 이가 170여 가구에 달했다. 그가 만만치 않은 지도력의 소유자였음을 말해준다.

이안사는 동북면(함경도)에 먼저 정착해 살고 있던 고려인들을 규합해나갔다. 오래지 않아 천여 호의 수장이 된 그에게 몽고 군대의 장군이 항복하라는 글을 보내왔다. 몽고군의 공격을 막아낼 수 없다고 판단한 이안사는 항복을 택했고, 그 대가로 벼슬을 얻었다. 그는 원나라의 지방 관리가 되어 어엿한 동북면의 실력자로 성장하였다. 그가 바로 이성계의 고조로 《용비어천가》의 첫머리를 장식하는 목조다.

이안사의 증손자 이자춘은 원나라가 이주민들에게 차별 정책을 펴자 고려로 되돌아갈 결심을 한다. 고려를 등지고 원에 투항한 지 100년 만에 이안사의 후손은 고려 국적을 다시 찾았다. 이자춘은 원이 빼앗아 쌍성총관부를 두고 통치해오던 지역을 1356년에 고려가 되찾을 때 공을 세웠다. 이에 공민왕은 직접 벼슬을 내리고 집을 하사하였다. 동북면의 유력자였던 이자춘은 아들 이성계와 함께 개성으로 가서 살게 된다.

이성계는 1363년 여진족을 토벌할 때 종사관으로 참전한 정몽주를 만나 친숙한 사이가 되었다. 종사관은 작전 참모와 같은 직책으로, 정몽주는 뛰어난 작전 계획을 세워 이성계를 도왔다. 정몽주보다 두 살 위인 이성계는 이때부터 정몽주의 인품과 학식을 존경하였고, 정몽주도 이성계의 탁월한 능력과 용병술을 높이 평가하였다.

포은 정몽주는 1337년 12월에 경상북도 영일현(지금의 영천)에서 태어났다. 어릴 적부터 재주가 뛰어나 시도 잘 짓고 글공부도 열심히 하였다. 아홉 살 되던 해 여름에 어머니를 따라 외가에 갔을 때 계집종이 정몽주에게 청을 하였다. 계집종은 집을 떠나 멀리 나가 있는 남편에게 편지를 대신 써달라고 부탁했다. 편지를 보내고 싶어도 글을 알지 못하여 하염없이 눈물만 흘리고 있다는 것이었다. 정몽주는 남편을 그리워하는 계집종의 심정을 글로 적어 주었다.

구름은 모였다가 흩어지고,
달은 둥글게 되었다가 이지러지지마는
나의 마음은 언제나 변함없이 당신을 그리워하고 있습니다.

계집종은 남녀 사이의 애틋한 사연을 짧은 글 속에 멋지게 나타낸 정몽주의 글재주에 탄복하였다. 하지만 글이 너무 짧아 아쉬움을 느꼈다. 좀 더 길게 써달라고 다시 부탁하자 정몽주는 씩 웃으며 다음과 같이 덧붙여주었다.

봉하였다가 다시 뜯어 한마디를 더 씁니다. 세상에 병이 많다지만 당신을 그리워하고 못 잊어 하는 병보다 더한 병은 없는가 봅니다.

겨우 아홉 살밖에 안 된 소년의 뛰어난 감성이 그저 놀라울 따름이다. 《정민 선생님이 들려주는 한시 이야기》에는 정몽주가 풍부하고도 섬세한 감수성을 지닌 시인임을 잘 말해주는 대목이 나온다.

봄비가 가늘어서 방울도 짓지 못하더니
한밤중에 가느다란 소리가 들려온다
눈 녹아 남쪽 시내에 물이 불어나니
새싹들이 많이도 돋아났겠다

"정몽주의 〈봄비〉라는 작품이다. 봄비는 너무나 가늘어서 마치 분무기로 물을 뿌리는 것처럼 사각사각 내린다. 비를 맞아도 옷이 젖는 줄 모른다. …… 가만있자. 아까부터 자꾸만 무슨 소리가 소곤소곤 들려오는 것만 같다. 시인은 조용히 귀를 기울인다. 무슨 소릴까? 창밖에 제법 빗줄기가 굵어지는 모양이다. 지붕 위로 처마 끝으로 빗방울이 튀는 소리가 들리는 것 같다. 아니면 혹시 온종일 내린 보슬비가 산속에 쌓인 눈을 녹여서 시냇물이 불어난 걸까? …… 시인은 방 안에 앉아서 소리를 따라 생각에 잠긴다. 산속 깊은 곳에 쌓인 눈도 이제 녹기 시작하겠구나. 깊은 산속에는 지금쯤 새싹들이 언 땅 위 여기저기서 고개를 내밀고 있겠지. 이 밤 봄비를 맞으며 겨우내 언 몸들을 녹이고 있겠구나. 이런 생각을 하다가 시인은 한없이 행복하고 따뜻한 느낌이 들었다."•

1354년, 정몽주의 나이 열여덟 살 때 아버지 정운관이 세상을 떠났다. 그는 장례를 치른 날부터 무덤 옆에 묘막을 짓고 3년 동안 시묘살이를 하였다. 살아 계신 아버지를 모시듯이 정성을 다하는 정몽주의 효성은 조정에까지 알려졌다. 공민왕은 정몽주를 표창하고 그의 지극한 효성을 길이 기리게 하였다. 대단한 효자라는 평판이 난 정몽주는 1360년 문과 시험에 수석으로 합격하고 관직에 올라 조정에서 일하기 시작했다.

1362년 포은이 존경하던 스승 김득배가 홍건적 토벌에 공훈을 세우고도 권신 김용의 미움을 받아 처형되어 머리와 시체가 거리에 널려졌다. 모두 김용이 무서워 아무도 돌보려 하지 않았는데, 정몽주는 죽을 각오를 하고 국왕에게 스승의 무죄를 호소하며 스승을 장사지낼 수 있도록 해달라고 호소했다. 눈물을 흘리면서 진심을 토로하는 정몽주에게 끌린 왕은 그의 요청을 받아들였다. 포은은 스승의 고향에 유해를 정성껏 매장했는데, 훗날 김용이 반역을 꾀하다 죽임을 당하자 정몽주의 용기는 널리 칭송받았다.

1368년 중국에서 주원장이 명나라를 세우자 조정 신하들은 친원파와 친명파로 나뉘어 격렬하게 대립하였다. 정몽주는 원나라와 관계를 끊지 않으면 강력한 힘을 지닌 명나라의 공격을 받아 고려가 망

● 정민, 《정민 선생님이 들려주는 한시 이야기》, 보림, 2002.

할지도 모른다고 판단하였다. 친명파에 속해 있었던 포은은 1372년 공민왕이 명에 파견하는 사절단으로 수도인 난징에 가서 주원장을 만났다. 정사 홍사범과 서장관(서기관) 정몽주는 명나라에 머물면서 외교적인 문제를 협의하고 매듭지었다.

이듬해에 사신 일행이 임무를 마치고 귀국하다가 태풍을 만났다. 폭풍우와 함께 산더미 같은 파도가 휘몰아치면서 그들이 타고 있던 배가 침몰하고 말았다. 정몽주는 부서진 뱃조각에 매달려 바다를 떠다니다 간신히 무인도에 도착하였다. 그는 해초와 풀뿌리, 나무 열매와 나무껍질 등으로 목숨을 이어가다가 명나라 상선을 만나 살아 돌아왔다. 정몽주는 표류한 지 13일 만에 구조되었지만 같은 배에 타고 있던 고려인 열한 명은 모두 목숨을 잃었다. 그는 생사를 넘나드는 위기 속에서도 국교 문서만은 품에 꼭 간직하고 있었다. 이에 크게 감동 받은 주원장은 정몽주를 다시 난징으로 데려와 성대히 대우하고 몸이 완전히 회복된 후에 귀국시켰다.

1374년 9월 공민왕이 내시에게 살해당하고 우왕이 왕위에 올랐다. 우왕을 등에 업고 정권을 장악한 이인임은 공민왕의 반원 친명 정책을 파기하고 배명 친원 정책을 폈다. 1375년에는 배명 정책에 가장 강력히 반대하던 정도전이 유배되고, 1376년에는 정몽주도 경상남도 언양으로 유배되었다. 삼봉 정도전은 정몽주와 함께 이색의 제자였는데, 포은의 박학다식에 반하여 둘도 없는 학우로 존경하였다. 정도전은 정몽주를 '도덕의 으뜸'이라 칭송하였고, 정몽주는 '삼봉은 사람 보는 눈이 있어 진짜와 가짜를 구별할 줄 안다'며 정도전을 신뢰하였다.

당시 고려는 왜구의 잇따른 습격으로 남해나 서해 연안뿐 아니라 내륙 깊숙한 곳까지 막대한 피해를 입고 있었다. 우왕은 토벌대를 파견하는 한편 일본에 사신을 보내 왜적을 단속하라고 요구하였으나 전혀 효과가 없었다. 1375년에 나흥유를 규슈에 사신으로 보내 화친을 제의하였지만 이마가와에게 감금당하였다가 겨우 목숨만 건져 돌아왔다. 1377년에 파견한 안길상은 일본에서 병사하였다.

1378년 9월 이인임 일파는 유배지에서 정몽주를 불러올려 일본에 사신으로 파견했다. 대한해협을 건너간 정몽주는 규슈에 가서 지방 장관인 이마가와 사다요를 만나 교섭을 벌였다. 그는 평화적인 교역이 유리한 점을 설명하고, 잔인무도한 약탈 행위가 다수의 인명을 희생시킬 뿐만 아니라 일본인에게도 더없이 불리한 결과만을 가져올 뿐이라는 점을 충분히 납득이 가도록 설명하였다. 이마가와를 비롯하여 교섭에 참가한 일본인들은 정몽주의 당당한 태도에 깊이 감동하여 해적 행위를 중단하고 평화적인 교역을 하겠다는 약정서에 조인했다. 교섭 장소였던 사원의 승려들은 앞을 다투어 포은에게 시를 지어달라고 부탁했다.

정몽주는 일본에 머물면서 많은 시를 썼지만 현재 전하는 것은 열세 수뿐이다. 그중 다음 시는 포은의 모든 작품을 통틀어 가장 우수하다는 평가를 받는다.

> 한평생 남과 북 다니느라고
> 맘먹은 일 따라서 어긋나누나
> 고국은 바다 서편 언덕 너머요
> 외로운 이 배는 하늘 끝이네
>
> 매화 핀 창가엔 봄빛이 이르고
> 나무로 지은 집엔 빗소리 요란하네
> 홀로 앉아 긴긴 날 보내노라니
> 집 그리운 생각을 어찌 견디랴

★ 정몽주, 〈일본에서〉

정몽주는 아무도 가지 않으려는 일본으로 떠밀리다시피 가게 되었다. 자신의 의지와 상관없이 사신으로 일본과 중국을 오가고, 종군과 유배로 떠돌다보니 학문에 정진할 수가 없었다. 그래서 남과 북 다니느라 맘먹은 일이 어긋난다고 표현한 것이다.

고국은 바다 건너 저 멀리에 있고, 화자는 해를 넘긴 사행길에서 외로움을 느낀다. 시적 화자가 있는 남쪽 지방에는 비가 자주 내린다. 나무로 지은 집은 기와집이나 초가집과 달리 빗소리가 더욱 크게 들린다. 고려보다 위도가 낮아 일찍 찾아온 봄과 벚꽃 핀 풍경은 이국의 정취를 자아낸다. 일본의 낯선 풍물은 고향 생각을 더 간절하게 해준다. 타국에서 홀로 앉아 긴긴 날을 보내노라니 몹시도 그리운 집 생각을 어찌 견디겠는가?

정몽주는 가는 곳마다 일본인들이 몰려와 시를 요구하면 곧 붓을 들어 멋진 글씨로 써주었다. 그들은 고려의 위대한 시인이요, 뛰어난 학자를 만났다고 하면서 감탄하였다. 가마를 메고 와서 정몽주를 태우고 여러 명승지를 돌아다니기도 했다.

포은은 1379년 6월에 교토의 막부를 방문하여 이시카가 요시미츠를 만났다. 1379년 7월에 그가 귀국할 때 왜구는 포로로 잡혀간 윤명, 안우세 등 고려인 700여 명을 풀어주었고, 그 후에도 정몽주의 요구서에 따라 납치해 갔던 양반가 자손 100여 명을 돌려보냈다.

1388년 3월 명나라는 고려에 옛날 원나라가 점령하였던 철령(함경도와 강원도의 경계) 이북의 땅을 내놓으라고 요구해왔다. 중신들은 명에 사신을 보내 문제를 평화적으로 해결하자고 주장했다. 그래서 명으로 사신을 보냈으나 입국을 거절당해 되돌아올 수밖에 없었다. 그러자 요동을 공격하여 기선을 제압하면 명군을 무찌를 수 있다고 확신하고 있던 최영이 선제공격을 구상한다. 우왕과 함께 요동 원정을 결심한 최영은 징병령을 내려 대군을 소집하고, 조민수와 이성계를 좌우군의 총사령관으로 임명했다.

그러나 이성계는 네 가지 이유를 들어 출병 불가를 주장했다. 첫째로 작은 나라가 큰 나라를 거스르는 일은 옳지 못하며, 둘째로 여름철의 출진은 농사를 망칠 우려가 있고, 셋째로 원정군이 나간 다음에 왜구가 침입할 우려가 있으며, 넷째로 장마철인 까닭에 화살에 입힌 아교가 풀어지고 전염병이 퍼질 우려가 있다는 것이다. 하지만 최영은 속공전을 편다면 명군을 쉽게 이길 수 있다고 자신했다.

왕과 최영의 엄명에 따라 이성계는 정벌군 3만 8천여 명을 이끌고 조민수와 함께 압록강에 도착하였다. 그런데 정벌군이 강 중간에 있는 위화도에 당도했을 때 갑자기 큰비가 내려 강을 건너던 군사들이 많이 익사하였고, 섬에 머물러 있는 동안 군량미가 바닥나 탈주자가 속출했다. 이성계는 조민수와 상의하여 회군하고 싶다는 청원서를 올렸다. 그러나 최영은 이를 허락하지 않고 오히려 신속하게 진격하라는 독촉 명령을 내렸다. 다시 사람을 보내 회군 허가를 받으려 했으나, 최영은 연락병을 심하게 질책하며 쫓아냈다.

1388년 5월 22일, 이성계와 조민수는 위화도에서 군사를 돌려 개성으로 진격하였다. 최영은 성문을 굳게 잠그고 항전했지만 왕과 함께 붙잡히고 만다. 정몽주는 이성계에게 최영은 절대적인 공신이므로 죽이지 말고 유배 보내는 것이 좋겠다고 건의했다. 우왕은 폐위되어 강화도에 갇히고, 최영은 남해 끝의 합포로 유배되었다가 이듬해인 1389년 12월 유배지에서 처형되었다. 그는 생의 마지막 순간까지도 낯빛 하나 변하지 않은 채 태연자약한 모습으로 죽음을 맞이하였다. 최영이 73세의 나이로 생을 마치던 날, 개성에서는 백성들이 일제히 문을 닫아걸었고 여자아이들까지도 눈물을 흘리며 죽음을 슬퍼했다고 한다.

우왕의 뒤를 이어 9세에 즉위한 창왕은 1389년 11월 왕위에서 쫓겨나고 만다. 아버지 우왕이 이성계의 암살을 시도했다가 실패했기 때문이다. 우왕은 강릉으로 유배지를 옮겼고, 창왕은 폐위되어 아비가 있던 강화도에 유배되었다. 곧이어 새 임금을 옹립하기 위하여 흥국사에 아홉 대신이 모였다. 이성계, 정도전, 조준, 심덕부, 지용기, 설장수, 성석린, 박위, 그리고 정몽주. 이들을 이른바 흥국사 구공신九功臣이라 한다. 구공신의 추대를 거듭 사양하다 보위에 오른 고려의 마지막 임금이 바로 공양왕이다.

배명 정책에 반대하다 전라남도 나주로 귀양을 갔던 정도전은 1377년에 유배에서 풀려난다. 개성 출입을 금지당한 그는 학문과 교육에 힘쓰다가 1383년 가을, 함경도 함주의 막사로 이성계를 찾아가 의기투합한다. 당시 이성계는 여진족 군대를 치기 위해 함주에 주둔하고 있었다. 둘의 첫 만남은 이성계가 49세, 정도전이 42세 때 이루어졌다. 대하역사만화 《조선왕조실록》의 작가 박시백은 두 사람의 만남을 무력과 사상이 손잡았다고 평했다.

토지 문제를 개혁하는 일은 삼봉 정도전의 오랜 숙원 사업이었다. 그의 개혁안은 귀족들과 대사원 등이 차지하고 있는 토지를 국유화하여 국가의 수입을 안정시킨다는 것이었다. 이색은 전제 개혁안을 격렬하게 반대했고, 정몽주는 유보하는 태도를 보였다. 처음에는 토지개혁에 반대하는 세력이 다수를 차지했지만 결국 신흥 세력이 주도하는 개혁안이 통과되어 1390년 9월 새로운 전제가 시행되었다. 1391년 1월에는 과전법이 시행되어 구세력은 경제적 기반을 상실하였다.

정몽주는 5년 후배인 정도전과 선후배를 떠나 뜻을 함께하는 동지로서 서로 믿고 아끼는 사이였다. 또한 이성계를 따라 여러 차례 종군하면서 그와 각별한 관계를 유지해왔다. 포은은 고려를 개혁하기 위해 구세력을 제거하는 데는 찬성했지만, 이성계와 정도전의 역성혁명에는 반대했다. 새로운 왕조를 세우는 일은 나라와 백성을 위하는 길이 아니라고 생각했다. 최영이 죽은 다음부터 정몽주와 이성계는 겉으로는 온화한 친교를 맺으면서도 항상 상대방의 틈을 엿보는 긴장 상태를 지속하였다. 은밀히 기회를 엿보던 정몽주는 역성혁명의 조짐이 보이자 마침내 이성계를 제거할 계획을 세운다.

1392년 3월에 명나라에 갔던 세자가 돌아온다는 기별이 왔다. 이성계는 세자를 마중 나갔다 돌아오는 길에 해주에서 사냥하다 말에서 떨어져 몸을 심하게 다쳤다. 이 소식을 들은 정몽주는 이성계일파인 정도전, 남은, 조준 등을 개성에서 먼 곳으로 귀양 보냈다. 포은은 이성계의 권력을 무너뜨리기 위해 이들을 유배지에서 죽여 없애려고 하였다. 이때 모친상을 당해 3년 여막살이를 하고 있던 이성계의 다섯째 아들 이방원이 아버지가 요양 중인 해주로 급히 달려왔다. 이방원은 집안의 화를 면하기 위해 정몽주를 제거하자고 청하였지만 이성계는 이를 받아들이지 않았다.

이성계와 함께 개성으로 돌아온 이방원은 아버지 몰래 정몽주를 죽이려고 측근들을 동원하였다. 이성계의 형인 이원계의 사위 변중량은 스승인 정몽주에게 즉각 이 사실을 알려주었다. 암살 음모를 전해 들은 포은은 다음 날 이성계의 집으로 병문안을 갔다. 정몽주를 맞이한 이방원은 공손히 술잔을 권하면서 은근한 목소리로 시조 한 수를 읊었다.

> 이런들 어떠하며 저런들 어떠하리
>
> 만수산 드렁칡이 얽혀진들 그 어떠하리
>
> 우리도 이같이 얽혀져 백 년까지 누리리라

일명 '하여가'로 알려진 이 시조는 이방원이 정몽주의 마음을 떠보고 회유하기 위해 지은 것이다. 이방원은 정몽주에게 직설적인 말은 내비치지 않고 '만수산 드렁칡'의 비유를 통해 새로운 왕조를 세워보자는 의도를 우회적으로 전하고 있다.

잠시 후, 정몽주는 자신의 뜻을 시조에 담아 읊었다.

이 몸이 죽고 죽어 일백 번 고쳐 죽어

백골이 진토 되어 넋이라도 있고 없고

님 향한 일편단심이야 가실 줄이 있으랴

일명 '단심가'로 알려진 이 시조는 고려 왕조에 대한 변함없는
충절을 노래하고 있다. 정몽주는 이 노래를 통해 이방원에게 비록
죽을지언정 고려를 버릴 수 없다고 화답하였다.

시조 읊기를 마친 정몽주는 밖으로 나와서 말을 거꾸로 탔다. 부
모님에게 물려받은 몸이라 맑은 정신으로 죽을 수 없어 술을 마셨고,
자신을 해치는 사람의 얼굴을 보면 원망하는 마음이 생길까 염려하
여 말을 거꾸로 탄 것이었다. 포은이 어둠침침한 돌다리에 이르렀을
때 이방원의 지시를 받은 심복 조영규가 어둠 속에서 불쑥 달려나와
철퇴로 정몽주를 후려쳤다. 1392년 4월 4일 정몽주가 죽은 돌다리는
원래 이름이 선지교였는데, 다리의 돌 틈으로 대나무가 솟아나 그의
충절을 나타냈다고 하여 선죽교로 부르게 되었다.

정몽주는 이방원이 보낸 자객에게 희생당하기 전에 친구인 이
양중에게 시를 써서 보냈다.

사람이 어찌 새보다 낫다고 할까
숲 속에서 마음 놓고 지저귈 수 없으니
허깨비의 가르침과 길 아닌 것으로 소란한 세상일진데,
어찌 고운 목소리가 들릴 것인가

한 조각 붉은 마음으로 나라를 지키나,
어지러운 세상에서 머리털만 희었네
벽 위에 걸린 푸른 칼날만이
홀로 참지 못하여 밤마다 울고 있네

이 시는 죽음을 예감한 정몽주가 자신의 삶을 되새겨 보며 쓴 작품 같다. 로마의 황제이며 철학자였던 마르쿠스 아우렐리우스는 "시간이 흐를수록 영혼은 생각의 빛깔로 물든다."라고 말했다. 고려 왕조에 영원한 충절을 바치고자 했던 포은 정몽주의 영혼은 마지막 순간에 어떤 빛깔로 물들었을까?

인생은 살기 어렵다는데

시가 이렇게 쉽게 씌어지는 것은

부끄러운 일이다.

육첩방은 남의 나라

창 밖에 밤비가 속살거리는데,

● 〈쉽게 씌어진 시〉 중

🌿 아직 나의 청춘은
끝나지 않았다

1945년 2월 16일, 시인 윤동주는 일본 후쿠오카 형무소의 차가운 감방에서 스물아홉의 나이로 생을 마감했다. 윤동주가 숨진 곳이라서 그런지 후쿠오카에는 놀라울 정도로 그의 시를 사랑하는 사람이 많다.

윤동주 시인의 사망 66주기를 사흘 앞둔 2011년 2월 13일 오후, 그가 숨진 후쿠오카 형무소 뒤편의 놀이터에서 추도식이 열렸다. '윤동주의 시를 읽는 모임'이 매년 시인의 기일에 맞춰 추도식을 한 지 벌써 17년째다. 추도식은 윤동주의 영정에 헌화하고 그의 시를 낭독하는 순으로 진행됐다. 회원들은 각자가 좋아하는 시를 돌아가며 낭독했다. '윤동주의 시를 읽는 모임' 회원인 요시오카 미호는 일본어로 〈쉽게 씌어진 시〉를 읽다가 울먹였다. 이후에 눈물을 흘리는 까닭을 물어보니 "제가 태어나기 전에 돌아가셨지만 일본인으로서 시인에게 늘 미안한 마음을 가지고 있습니다. 특히 〈쉽게 씌어진 시〉를 읽을 때면 언제나 그의 고뇌가 느껴져 눈시울이 붉어집니다."라고 대답했다.

이날 행사에 참여한 후쿠오카 대학 구마키 츠토무 교수는 "일본인들은 윤동주의 시에서 묻어나는 순수함과 애틋함을 사랑한다."라며 "특히 후쿠오카 사람들은 그가 돌아가신 곳에 살고 있어 그에 대한 사랑이 남다르다."라고 설명했다.●

창 밖에 밤비가 속살거려
육첩방은 남의 나라,

시인이란 슬픈 천명인 줄 알면서도
한 줄 시를 적어 볼까,

땀내와 사랑내 포근히 품긴

● 김종렬, 〈17년째 이어진 일본인들의 윤동주 사랑〉, 《부산일보》, 2011년 2월 15일.

보내 주신 학비 봉투를 받아

대학 노트를 끼고
늙은 교수의 강의 들으러 간다.

생각해 보면 어린 때 동무들
하나, 둘, 죄다 잃어버리고

나는 무얼 바라
나는 다만, 홀로 침전하는 것일까?

인생은 살기 어렵다는데
시가 이렇게 쉽게 씌어지는 것은
부끄러운 일이다.

육첩방은 남의 나라
창 밖에 밤비가 속살거리는데,

등불을 밝혀 어둠을 조금 내몰고,
시대처럼 올 아침을 기다리는 최후의 나

나는 나에게 작은 손을 내밀어

눈물과 위안으로 잡는 최초의 악수.

★ 윤동주, 〈쉽게 씌어진 시〉

〈쉽게 씌어진 시〉는 1942년 4월 2일 릿쿄 대학 영문과에 입학한 윤동주가 6월 3일에 쓴 시이다. 육첩방은 일본식 돗자리가 여섯 장 깔린 방으로, 낯선 나라임을 뚜렷이 느끼게 해주는 공간이다. 시적 화자는 육첩방에 앉아 창밖에 내리는 밤비를 보고 있다. 밤비가 속 살거리는데, 화자는 현실에 안주하고 있는 자신을 돌아보며 고뇌에 빠져든다. 새로운 학문을 배우려고 유학을 왔지만 막상 마주친 것은 늙은 교수의 낡고 메마른 지식이었다. 땀내와 사랑내 포근히 품긴 학비를 받아 무의미한 유학 생활을 하는 것은 아닌지 회의가 든다.

어렸을 때 함께 자랐던 동무들이 하나둘 사라지던 시절, 이국땅인 일본에서 암울한 현실에 적극 나서지 못하고 그저 한 줄 시로 표현할 수밖에 없는 자신의 처지가 안타까울 뿐이다. 인생은 살기 어렵다는데, 그 인생을 담은 시를 쉽게 쓴다는 것은 슬프고 부끄러운 일이다.

자신의 생각 속에 깊이 침전하면서 화자는 수없이 반성한다. 결국 시대처럼 올 아침을 기다리는 최후의 '나'(낙관적인 미래를 믿는 현재의 '나')는 좌절감에 빠져 있었던 과거의 '나'에게 작은 손을 내밀어 눈물과 위안의 악수를 건넨다.

제목과는 달리 자신의 삶을 치열하게 반성하며 〈쉽게 씌어진 시〉를 썼던 시인 윤동주는 1917년 12월 30일 간도의 명동촌에서 태어났다. 그가 태어나 어린 시절을 보낸 명동촌의 사계절 풍경은 한 폭의 그림처럼 아름다웠다. 봄이 오면 마을 야산에 진달래, 살구꽃, 앵두꽃, 함박꽃, 나리꽃이 시새워 피고, 앞 강가 우거진 숲에는 버들강아지가 활짝 피어 마을은 꽃과 향기 속에 파묻힌 무릉도원이 되었다. 여름에는 전원이 싱싱한 푸름 속에 묻혀 있고, 가을엔 산과 들이 단풍으로 물들었으며 논밭은 황금빛으로 무르익어 황홀하였다.

겨울의 경치는 더욱 인상적이었다. 나무의 앙상한 가지들이 찬바람에 울부짖고, 눈에 덮여 은빛으로 반짝이는 들판의 풍경은 참으로 절경이었다. 폭설이 내리는 날엔 노루 떼, 멧돼지 떼 들이 먹이를 찾아 마을로 내려오고, 그런 날이면 온 마을은 흥분의 도가니 속에서 들뜨곤 했다. 윤동주 시에 담겨 있는 서정성과 순수한 내면세계는 아름답고 평화로웠던 명동 마을에서 보낸 유년기의 체험에서 비롯되었다.

1925년 4월 4일 명동소학교에 입학한 윤동주는 누가 조금만 꾸짖으면 눈에 금방 눈물이 핑 도는 아이였다. 반면에 같은 학년이었던 송몽규는 말 잘하고 엉뚱한 아이였다. 둘은 늘 한 책상에 나란히 앉아 있었다. 1917년 9월 28일, 윤동주보다 세 달 앞서서 태어난 송몽규는 그의 동갑내기 고종사촌 형이었다. 윤동주와 마찬가지로 송몽규도 문학 소년이었다. 4학년 때 윤동주는 《아이생활》이란 잡지를, 송몽규는 《어린이》란 잡지를 서울에서 부쳐다 읽었다. 동네 아이들은 그들이 다 읽은 다음에 빌려서 읽었다. 두 소년이 서울에서 발행하는 월간 잡지를 구독한다는 것은 그 당시 만주의 벽촌에서는 큰 사건이 아닐 수 없었다.

윤동주는 1931년 봄에 명동소학교를 졸업하였고, 윤동주네 집은 그해 늦가을 용정으로 이사하였다. 용정에는 일본 경찰이나 중국 관원의 허락 없이 들어갈 수 없는 치외법권 지대가 있었다. 그곳은 캐나다 선교부가 자리 잡은 용정 동남쪽의 높은 지대로, 흔히 '영국더기'라고 불렀다. 캐나다가 영국 연방국 중 하나였기 때문에 '영국인들의 언덕'이란 뜻으로 만들어진 별칭이었다. 선교사들이 세운 학교, 병원 등이 있던 영국더기에서는 태극기를 휘두르며 애국가를 마음껏 부를 수 있었다.

1932년 4월, 윤동주는 캐나다 선교사들이 운영하는 은진중학교에 입학하였다. 1만 평 부지에 본관 600평과 기숙사 150평, 대강당 400평을 가지고 있는 은진중학교는 용정 최고의 근대교육기관으로 이름이 높았다. 은진중학교에 다닐 때 윤동주의 취미는 다방면이었다. 축구 선수로 뛰기도 하고 교내 잡지를 내느라고 밤늦게까지 등사 글씨를 쓰기도 하였다. 재봉틀로 기성복을 맵시 있게 고치거나 직접 나팔바지를 만들기도 하였다. 2학년 때는 교내 웅변대회에 나가 '땀 한 방울'이란 제목으로 1등을 했는데 상으로 탄 예수 사진 액자를 늘 집에 걸어놓았다. 그는 수학도 잘했는데 특히 기하학을 좋아했다.

1935년 9월 1일, 은진중학교에서 4학년 1학기까지 마친 윤동주는 평양의 숭실중학교로 전학했다. 숭실중학교 학생들은 매년 3월 1일이 되면 모두 교실의 자기 책상 위에 머리를 수그리고 온종일 꼼짝도 하지 않은 채 침묵시위를 벌였다. 일본인 교사들은 물론 한국인 교사들도 이 숙연한 광경에 압도되어 말 한마디 못 하고 그냥 나가곤 했다.

1936년 1월 20일, 숭실중학교 교장이었던 미국인 선교사 윤산온(尹山溫, George McCune)은 일제의 신사참배 명령을 거부하여 파면당했다. 1936년 4월 새 학기가 시작되자마자 학생들은 교정에 모여들어 교장을 내놓으라며 시위를 벌였다. 일본 경찰들이 교문 안으로 들어오자 학생들이 달려들었고 육박전이 벌어졌다. 이 일로 숭실중학교는 무기 휴교가 되었고, 윤동주는 신사참배에 대한 항의 표시로 자퇴했다. 용정으로 돌아온 윤동주는 광명중학교에 편입했다. 그 무렵, 송몽규는 독립운동을 하러 갔던 중국에서 일본 경찰에 체포되었다. 5개월쯤 갇혀 있다가 석방된 송몽규는 용정 대성중학교에 편입했다. 그곳에서 중학교를 마친 1938년 4월 9일, 윤동주와 송몽규는 연희전문학교 문과에 나란히 입학한다.

만 27년 2개월의 생애에서 연희전문학교 문과 시절은 윤동주에게 가장 풍요로웠던 시기, 가장 자유로웠던 시기였다. 연희전문학교는 기독교계 학교였기 때문에 윤동주는 비교적 자유로운 학풍과 분위기 속에서 지낼 수 있었다. 입학 동기생인 유영은 연희전문학교 시절 윤동주의 모습을 이렇게 회상했다.

"당시 연희전문학교는 우리 겨레의 학문과 정신을 지도하는 교수들이 있었고, 학생들 또한 그러한 자세와 정신을 가지고 찾아왔지요. 그러니까 동주는 꿈에 그리던 학원으로 청운의 뜻을 품고 온 거예요. 윤동주의 고종사촌인 송몽규도 함께 왔지요. 그 둘은 혈연관계라 그렇기도 하겠지만, 얼굴도 비슷하고 키도 비슷해서 마치 쌍둥이 같았어요. 같은 환경에서 같은 학교에 왔기 때문에 자연스럽게 학창 생활도 같은 길을 걸었지요. 하지만 성격은 완전히 반대였어요. 동주는 얌전하고 말이 적고 행동도 적은데, 몽규는 말이 거칠고 행동반경이 큰 사람이었죠. 그 둘은 시 공부와 창작도 같이 했어요. 그들의 다른 성격은 시에서도 나타나 좋은 대조를 이루었지요. 성격이 다르면 다툼이 일어날 법도 한데, 신기하게도 둘이 다투는 것을 듣지도 보지도 못했어요. 말하자면 동주는 외유내강형이라고 할까요? 사람이 그렇게 유순하고 다정할 수 없었어요. 반면에 그 지조나 의지는 감히 누구도 어찌 못할 정도로 굳고 강했죠."

당시에 윤동주가 공부하던 문과대 석조 건물은 지금도 연세대 문과대 건물의 일부로 쓰이고 있다. 그가 살았던 기숙사 건물 역시 그대로 남아 있다. 입학과 동시에 기숙사에 들어간 윤동주는 송몽규, 강처중과 함께 셋이서 한방을 썼다. 윤동주는 2학년 때에는 기숙사를 나와 북아현동에서 하숙했다. 그때 북아현동에 살고 있던 시인 정지용의 집을 방문해서 시에 관한 이야기를 주고받은 일이 있었다. 윤동주는 중학교 때부터 정지용 시집을 늘 끼고 다닐 정도로 그의 시를 좋아했다.

3학년 때 다시 기숙사로 들어간 윤동주는 정병욱을 친구로 사귀었다. 윤동주가 정병욱보다 두 학년 위에다 다섯 살이나 많았지만 두 사람은 서로 흉금을 터놓고 지내는 사이가 되었다. 윤동주는 4학년 1학기 초에 기숙사를 나와서 졸업할 때까지 정병욱과 함께 하숙 생활을 했다.

윤동주는 연희전문학교 2학년 때인 1939년 9월에 〈자화상〉을 썼다.

산모퉁이를 돌아 논가 외딴 우물을 홀로 찾아가선
가만히 들여다봅니다
우물 속에는 달이 밝고 구름이 흐르고 하늘이
펼치고 파아란 바람이 불고 가을이 있습니다

그리고 한 사나이가 있습니다

어쩐지 그 사나이가 미워져 돌아갑니다

돌아가다 생각하니 그 사나이가 가엾어집니다

도로 가 들여다보니 사나이는 그대로 있습니다

다시 그 사나이가 미워져 돌아갑니다

돌아가다 생각하니 그 사나이가 그리워집니다

우물 속에는 달이 밝고 구름이 흐르고 하늘이

펼치고 파아란 바람이 불고 가을이 있고

추억처럼 사나이가 있습니다

★ 윤동주, 〈자화상〉

시적 화자는 밤중에 산모퉁이를 돌아서 논가에 있는 외딴 우물
을 찾아가 가만히 들여다본다. 우물 속에는 달이 밝고 구름이 흐르고
하늘이 펼치고 파아란 바람이 부는 가을의 정경이 보인다. 그 풍경
속에 한 사나이가 있다. 우물 속 사나이는 시적 화자의 분신이다. 화
자는 아름다운 자연과 달리 초라한 자신의 모습이 미워져 돌아간다.
사나이의 모습에서 현실에 안주하고자 하는 자아를 발견하고 미워하
는 것이다. 돌아가다 생각하니 그 사나이가 가엾어진다. 그런 삶을

살아갈 수밖에 없는 사나이의 모습에 연민을 느끼는 것이다. 도로 가 들여다보니 다시 그 사나이가 미워져 돌아간다. 돌아가다 생각하 니 그 사나이가 그리워진다. 화자는 안이하게 살아가는 자신의 모습 이 미운 것이고, 예전에 순수했던 자신의 모습은 그리운 것이다.

우물 속을 자꾸 들여다보던 화자는 추억 속 나의 모습을 발견하 게 된다. 이제 사나이는 추억과 같이 아름다운 자신의 모습을 되찾 을 수 있을 것이다.

1941년 11월 5일에 '추억과 사랑과 쓸쓸함과 동경과 시와 어머 니'처럼 순수하고 아름다운 것들을 그리워하며 〈별 헤는 밤〉을 쓴 윤동주는 졸업 기념으로 시집을 출판하려고 하였다. 시집 첫머리에 놓을 〈서시〉를 완성한 것이 1941년 11월 20일이었다. 도종환 시인은 "윤동주의 〈서시〉와 같이 사람들에게 널리 기억되는 시 한 편은 영 원히 민족과 함께하는 생명력이 있다."라고 말했다.

죽는 날까지 하늘을 우러러

한 점 부끄럼이 없기를,

잎새에 이는 바람에도

나는 괴로워했다.

별을 노래하는 마음으로

모든 죽어 가는 것을 사랑해야지

그리고 나한테 주어진 길을

걸어가야겠다.

오늘 밤에도 별이 바람에 스치운다.

★ 윤동주, 〈서시〉

이 시의 화자는 하늘을 우러러 한 점 부끄러움이 없기를 소망하고 있다. 도덕적으로 순결한 삶을 살고자 했던 시적 화자는 잎새에 이는 바람에도 괴로워했다고 고백한다. 도덕적 순결성을 추구하는 사람은 사소한 흔들림도 용납하지 않는다. 바람에 흔들리는 잎새는 작은 흔들림에 고뇌하는 화자의 내면세계를 형상화한 것이다.

별을 노래하는 마음은 가장 순수하고 양심적인 자세를 가리킨다. 시적 화자는 별을 노래하는 마음으로 모든 죽어가는 것을 사랑하면서 부끄럼 없는 삶을 살아가야겠다고 다짐한다. 마치 어두운 밤하늘에 맑게 빛나는 별과 같이……

윤동주는 〈서시〉, 〈별 헤는 밤〉, 〈자화상〉 등 시 19편을 묶어 《하늘과 바람과 별과 시》라는 제목을 붙였다. 일일이 원고지에 베껴서 만든 필사본 세 부 중에 한 부는 자기가 갖고, 한 부는 스승인 이양하 교수에게, 한 부는 후배 정병욱에게 주었다. 시고를 받아본 이양하 교수는 〈십자가〉, 〈슬픈 족속〉, 〈또 다른 고향〉과 같은 작품들이 일제의 검열을 통과하기 어렵다며 출판을 보류하도록 권하였다. 시집 출판을 다음 기회로 미룬 윤동주는 1941년 11월 29일자로 작품 〈간〉을 써서 자신을 달래었다.

윤동주가 〈서시〉를 쓴 후 18일, 〈간〉을 쓴 지 9일 만에 태평양전쟁이 터졌다. 일본군이 1941년 12월 8일 새벽, 미국 하와이의 진주만을 기습함으로써 미국과 일본 사이에 전쟁이 벌어진 것이다. 새로이 미일전쟁을 시작한 일제는 학제를 재개편했다. 이에 따라 연희전문학교 졸업식은 1942년 3월이 아닌 1941년 12월 27일에 거행되었다.

연희전문학교를 졸업한 후에 윤동주와 송몽규는 둘 다 일본 유학을 정해놓고 있었다. 그런데 창씨개명을 하지 않으면 일본으로 건너가는 데 필요한 서류를 뗄 수 없었다. 윤동주는 연희전문학교에 가서 창씨개명계를 제출했다. 졸업증명서 등 유학에 필요한 서류를 창씨개명한 이름으로 만들어야 했기 때문이다. 윤동주는 1942년 1월 29일에 성씨를 '히라누마'로 바꾸었고, 이름도 일본식으로 발음하여 '동주'가 아닌 '도오쥬우'가 되었다. 1942년 2월 12일에 창씨개명계를 제출한 송몽규는 일본식 이름인 '소무라 무게이'가 되었다.

윤동주는 창씨계명계를 제출하기 5일 전인 1942년 1월 24일에 〈참회록〉을 썼다. 〈참회록〉은 창작 시기와 상황, 작품의 제목과 내용을 고려해볼 때 일제가 강요하는 일본식 창씨개명이란 절차에 굴복한 자신의 욕됨을 참회하며 쓴 시로 해석할 수 있다.

파란 녹이 낀 구리거울 속에

내 얼굴이 남아 있는 것은

어느 왕조의 유물이기에

이다지도 욕될까.

나는 나의 참회의 글을 한 줄에 줄이자.

― 만 이십사 년 일 개월을

무슨 기쁨을 바라 살아 왔던가.

내일이나 모레나 그 어느 즐거운 날에

나는 또 한 줄의 참회록을 써야 한다.

― 그때 그 젊은 나이에

왜 그런 부끄런 고백을 했던가.

밤이면 밤마다 나의 거울을

손바닥으로 발바닥으로 닦아 보자.

그러면 어느 운석 밑으로 홀로 걸어가는

슬픈 사람의 뒷모양이

거울 속에 나타나온다.　　　　　★ 윤동주, 〈참회록〉

구리거울 속에 비친 내 얼굴은 내가 지금까지 살아온 삶을 모두 보여준다. 파란 녹이 낀 구리거울을 들여다보던 나는 자신의 삶이 욕되다고 느낀다. 그리하여 나는 한 줄의 참회록을 적어 미래에 대한 희망 없이 사는 것만큼 큰 잘못은 없다고 고백한다. '만 이십사 년 일 개월을 무슨 기쁨을 바라 살아왔던가.' 내가 참회하는 이유는 지금껏 살아오면서 아무런 기쁨도 바라지 않았기 때문이다. 나는 또 내일이나 모레나 그 어느 즐거운 날에 다시 써야 할 참회록을 생각한다. '그때 그 젊은 나이에 왜 그런 부끄런 고백을 했던가.' 현실에 대응하지 못하고 무기력하게 자기 고백이나 하는 현재의 나를 미래의 시점에서 참회하려는 것이다.

문학평론가 권정우는 〈참회록〉에 나타난 윤동주의 '참회'를 이렇게 해석한다.

"내가 살아왔던 삶을 후회하며 새로운 삶을 살아야겠다고 다짐하는 것은 녹슨 구리거울을 닦아내는 것과 같다. 구리거울에 남아 있는 나의 얼굴, 내가 살아온 욕된 삶을 하나하나 닦아내는 일이 참회인 셈이다. …… 그런데 참회를 하기 위해서는 먼저 자기애가 필요하다. 자기를 부정하는 것은 그것 자체로 목적이 되지 못한다. 자기를 부정하고 반성하는 이유는 지금보다 더 나은 삶, 지금과는 완전히 다른 삶을 원하기 때문이다.

…… 나의 과거는 욕되지만 나는 나의 과거를 사랑해야 한다. 나

의 과거는 얼마 전까지만 해도 최선을 다해 살았던 나의 현재였으며, 그 이전에는 희망에 넘쳤던 나의 미래였기 때문이다. 나의 과거가 온당한 대우를 받아야만 나의 현재와 나의 미래도 제대로 대우를 받을 수 있다.

내가 구리거울에 낀 파란 녹을 닦으면 나의 과거는 조금씩 씻겨 나간다. 나의 욕된 과거가 모두 씻길 때쯤 되면 나는 시간의 저편으로 사라져가는 나의 과거를 볼 수 있고 그것을 진정으로 사랑할 수 있게 된다. 별똥이 떨어지는 밤하늘 아래서 홀로 걸어가는 슬픈 사람의 뒷모습은 시간의 저편으로 사라져가는 나의 과거이다. 나는 그가 가는 것을 안타깝게 바라본다."•

윤동주와 송몽규는 왜 욕됨을 감내하면서까지 일본 유학을 감행했을까? 그 이유나 동기는 무엇인가? 그로부터 꼭 1년 6개월 후에 일본에서 경찰에 체포된 그들은 유학 동기를 진술해야 했다. 그때 한 답변은 "조선 독립을 위해서 민족문화를 연구하려면 전문학교 정도의 문학 연구로는 부족하다고 보았기 때문"이라는 것이었다.

일본에 건너간 윤동주와 송몽규는 교토에 있는 교토제국대학에 가서 입학시험을 치렀다. 송몽규는 시험에 합격하여 1942년 4월 1일 교토제국대학 사학과에 입학했다. 하지만 윤동주는 시험에 불합격

• 권정우, 《우리 시를 읽는 즐거움》, 북갤럽, 2002.

하여 다시 입학시험을 치르고 도쿄의 릿쿄 대학 영문과에 입학했다.

1942년 7월, 릿쿄 대학에서 첫 학기를 마치고 여름방학을 맞은 윤동주는 북간도 용정의 집으로 돌아왔다. 이때 동생들에게 "앞으로 우리말 인쇄물이 사라질 것이니 무엇이나, 악보까지라도 사서 모으라."라고 당부했다. 이 당부는 결국 그가 동생들에게 남긴 유언인 셈이었다.

일본으로 돌아간 윤동주는 1942년 10월 1일자로 교토에 있는 도시샤 대학 영문과에 편입했다. 그러나 미국과 일본의 전쟁이 점점 치열해지자 신변에 위험을 느끼고 귀국을 결심한다. 윤동주는 1943년 7월 14일, 짐을 소포로 부친 후 역에서 기차를 기다리다가 특고(사상 탄압을 전문으로 하는 일본 경찰의 특수 조직) 형사에게 체포되었다. 송몽규는 7월 10일에 체포되어 이미 경찰서에 갇혀 있었다. 일제의 특고에서는 '요시찰인' 인 송몽규를 늘 감시하고 있었다. 특고 형사들은 송몽규를 미행하여 '우리 민족의 장래' 니 '독립운동' 이니 하는 이야기들을 계속 엿들어오다가 두 사람을 치안유지법 위반 혐의로 연행한 것이다.

윤동주의 체포 이유는 조선 독립을 실현하려고 송몽규와 함께 독립 의식을 고취하고, 조선인 학생들의 민족의식을 유발하는 데 전념했다는 것과 조선인 징병제도를 비판했다는 것이었다.

윤동주와 송몽규는 재판에서 치안유지법 위반죄로 징역 2년을 선고받고 후쿠오카 형무소에 수감되었다. 윤동주는 형무소에서 한 달에 한 번씩 고향 집으로 엽서를 보냈다. 그의 아우 윤일주가 '붓끝을 따라 운 귀뚜라미 소리에도 벌써 가을을 느낍니다.' 라고 엽서를 써서 보냈더니 '너의 귀뚜라미는 홀로 있는 내 감방에도 울어준다. 고마운 일이다.' 라는 답장을 보내준 적도 있었다. 그런데 늦어도 매달 5일까지는 반드시 오던 엽서가 1945년 2월에는 중순이 되어도 오지 않았다.

〈별 헤는 밤〉에서 "가슴속에 하나 둘 새겨지는 별을 이제 다 못 헤는 것은 내일 밤이 남은 까닭이요, 아직 나의 청춘이 다하지 않은 까닭"이라고 노래했던 윤동주는 1945년 2월 16일 오전 3시 36분에 후쿠오카 형무소에서 절명했다. 윤동주가 옥사했다는 전보를 받은 아버지 윤영석과 당숙 윤영춘은 시신을 찾으러 후쿠오카 형무소로 떠났다. 윤동주가 죽은 지 10일 후에 후쿠오카 형무소에 도착한 두 사람은 먼저 송몽규를 면회했다. 그때 송몽규는 반쯤 깨진 안경을 눈에 걸친 모습이었고, 살가죽과 뼈가 붙을 정도로 몹시 말라서 알아보지 못할 정도였다. 윤영춘이 "왜 그 모양이냐?"라고 물었더니, "저 놈들이 주사를 맞으라고 해서 맞았더니 이 모양이 되었고 동주도 이 모양으로……." 하며 말소리가 흐려졌다. 그 모습에 충격을 받은 윤영석과 윤영춘은 복도에 주저앉아 통곡했다. 송몽규는 1945년 3월 7일에 결국 절명했다.

후쿠오카 형무소의 연도별 사망자 수는 1943년 64명, 1944년 131명, 1945년 259명이었다. 재소자의 사망률이 해마다 두 배씩 증가했고, 전쟁 말기인 1945년에는 259명이나 옥사했다. 후쿠오카 형무소에서 재소자들을 상대로 대규모 생체 실험을 했다고 추정할 수밖에 없다.

윤동주의 연희전문학교 문과 동기인 강처중은 해방 후에 《경향신문》 기자로 있었다. 윤동주가 가장 좋아했던 시인 정지용은 1946년 10월 1일부터 1947년 7월 8일까지 《경향신문》 주간으로 재직했다. 1947년 2월 13일, 강처중은 정지용의 소개 글을 붙여 《경향신문》에 윤동주의 시 〈쉽게 씌어진 시〉를 실었다.

윤동주의 후배 정병욱은 윤동주에게서 시 19편이 담긴 필사본 시집 한 권을 받아 해방될 때까지 보관하고 있었다. 강처중은 일본 유학을 떠나는 윤동주가 서울에 두고 간 시들과 도쿄에서 자신에게 보낸 편지 속에 적어넣었던 시들을 보관하고 있었다. 강처중은 정병욱이 보관해낸 시들과 자신이 보관해낸 시들 중에서 31편을 골라내어 시집을 엮고 정지용에게 서문을 받았다. 드디어 시인이 태어난 지 만 30년 1개월 만인 1948년 1월 30일에 윤동주의 유고시집 《하늘과 바람과 별과 시》가 출간되었다.

《하늘과 바람과 별과 시》에 실려 있는 작품 31편 중에서 〈쉽게 씌어진 시〉 등 다섯 편은 윤동주가 도쿄에서 릿쿄 대학에 다닐 때 썼다. 1968년 릿쿄 대학 사학과를 졸업한 후 20여 년 동안 윤동주 시인을 연구한 야나기하라 야스코는 '시인 윤동주를 기념하는 릿쿄회' 등에서 활동하고 있다. 《국민일보》의 임세정 기자는 2011년 2월에 그와 인터뷰한 내용을 다음과 같이 전하고 있다.

"야나기하라는 '선생의 아름다운 시와 짧은 생애를 처음 접했던 순간의 고통을 잊을 수 없다.' 며 '훌륭한 시인의 미래를 빼앗은 일본인으로서 사죄하는 마음으로 연구 활동을 시작하게 됐다.' 고 밝혔다.

그는 또 '윤동주 시인의 많은 작품이 체포 당시 압수당해 남아 있지 않다. …… 릿쿄대 유학 시절 썼던 〈쉽게 씌어진 시〉를 통해, 일본인들과 교류하면서 민족 문제를 이야기할 수 없었던 시인의 고독한 일면을 엿볼 수 있다.' 라고 말했다."

야나기하라는 일본 열도에서 윤동주 시인을 추모하는 움직임이 일고 있는 이유에 대해 '선생이 29세의 젊은 나이에 일본에서 옥사했다는 안타까운 사실이 일본인의 마음에 강하게 다가갔기 때문' 이라고 설명했다. 그는 '실존주의를 바탕으로 신앙과 양심에 따라 내면과 깊이 마주한 윤동주 사상의 보편성이 많은 사람에게 깊은 감명과 공감을 준 것' 이라며 '아시아에서 일본에 피해를 본 분들의 슬픔과 고통을 대표하는 형태의 하나로 윤동주 시인의 죽음과 시가 존재한다.' 라고 주장했다. •

1943년 6월, 일본 친구들이 열어준 송별회에서 조금은 허스키한 목소리로 아리랑을 불렀던 윤동주. 그는 만 27년 2개월을 무슨 기쁨을 바라며 살아왔던가. 내일이나 모레나 그 어느 즐거운 날에 또 한 줄의 참회록을 쓰지 못한 채 후쿠오카의 별이 되어 돌아온 고향 땅의 우물 속에는 달이 밝고 구름이 흐르고 하늘이 펼치고 파아란 바람이 불고 가을이 있고 추억처럼 한 사나이가 있다.

“ 그 사나이가 그리워집니다. 가슴속에 새겨지는 별 하나에 아름다운 이름 하나 불러봅니다. 하늘과 바람과 별을 노래한 시인, 윤동주. **”**

● 임세정, 〈20여 년간 윤동주 시인 연구 일본인 학자 야나기하라 씨 "윤동주 사상의 보편성 많은 사람들에 깊은 감명"〉, 《국민일보》, 2010년 10월 6일.

숨죽여 흐느끼며

네 이름을 남몰래 쓴다

타는 목마름으로

타는 목마름으로

민주주의여 만세

● 〈타는 목마름으로〉 중

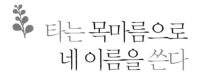
타는 목마름으로
네 이름을 쓴다

1960년대와 1970년대의 군사정권 시절을 박정희와 김지하의 대결 기간이라고 말할 정도로 민주화 운동의 상징적 존재였던 김지하는 1941년 목포에서 태어났다.

그는 1959년 서울대학교 미학과에 입학한 뒤 1960년 4·19 혁명 때부터 학생운동에 앞장선다. 1961년 5·16 군사쿠데타 이후에는 수배를 피해 항만의 인부나 광부 등으로 일하며 2년 동안 도피 생활을 하였다. 1963년에 복학하여 김영일이라는 본명 대신 김지하라는 필명으로 시를 발표하기 시작한다. 1964년에는 한일회담 반대 활동을 하다가 체포되어 네 달 동안 감옥에 갇혀 있다가 풀려났고, 입학한

지 7년 5개월 만인 1966년 8월 대학교를 졸업했다.

　김지하는 1970년 5월 장준하가 주재하는 잡지《사상계》에 〈오적〉을 발표한다. 〈오적〉은 재벌, 국회의원, 고급공무원, 장성, 장·차관 등 다섯 도둑을 통렬하게 비판하는 풍자시다.

　　시를 쓰되 좀스럽게 쓰지 말고 똑 이렇게 쓰랏다.

　　내 어쩌다 붓끝이 험한 죄로 칠전에 끌려가

　　볼기를 맞은 지도 하도 오래라 삭신이 근질근질

　　방정맞은 조동아리 손목댕이 오물오물 수물수물

　　뭐든 자꾸 쓰고 싶어 견딜 수가 없으니, 에라 모르겠다

　　볼기가 확확 불이 나게 맞을 때는 맞더라도

　　내 별별 이상한 도둑 이야길 하나 쓰것다.

　　……

　　남북간에 오종종종종 판잣집 다닥다닥

　　게딱지 다닥 꼬딱지 다닥 그 위에 불쑥

　　장충동 약수동 솟을대문 제멋대로 와장창

　　저 솟고 싶은 대로 솟구쳐 올라 삐까번쩍

　　으리으리 꽃궁궐에 밤낮으로 풍악이 질펀 떡치는 소리 쿵떡

　　예가 바로 재벌, 국회의원, 고급공무원, 장성, 장차관이라 이름 하는

　　간땡이 부어 남산만 하고 목질기기가 동탁 배꼽 같은

천하 흉포 오적의 소굴이렷다.

사람마다 뱃속이 오장육보로 되었으되

이놈들의 배 안에는 큰 황소불알만 한 도둑보가 겹붙어 오장칠보,

본시 한 왕초에게 도둑질을 배웠으나 재조는 각각이라

밤낮없이 도둑질만 일삼으니 그 재조 또한 신기에 이르렀것다.

(후략)

★ 김지하, 〈오적〉

원래 이 시가 《사상계》에 실렸을 때에는 별다른 문제가 되지 않았다. 〈오적〉을 읽은 박정희는 크게 분노하였지만, 중앙정보부장 김계원은 건드리면 일이 커지니 소리 없이 묻어 두는 게 낫다는 말로 박정희를 달랬다. 박정희 정권은 〈오적〉이 실린 《사상계》 1970년 5월 호를 서점에서 수거하고 앞으로 시판하지 않는다는 조건으로 눈 감아주기로 했다.

그런데 야당인 신민당 기관지 《민주전선》 1970년 6월 1일자에 이 시가 게재되면서 문제가 불거지기 시작한다. 박정희 정권은 당시 10만 부를 발행하던 《민주전선》의 영향력을 무시할 수 없었던 것이다. 결국 김지하를 비롯하여 《사상계》의 대표 부완혁, 편집장 김승균, 《민주전선》 출판국상 김용성이 구속된다. 이 사건은 김지하가 수감된 지 3개월 만에 폐결핵 증세가 악화되어 병보석으로 석방됨으로

써, 떠들썩하던 시작과는 대조적으로 흐지부지 끝나고 만다.

천주교 기관지 《창조》 1972년 4월 호에 다시 풍자시 〈비어〉를 발표한 김지하는 4월 12일 하숙집에서 중앙정보부 요원들에게 연행된다. 중앙정보부는 김지하를 조사한 다음 검찰에 송치했다. 김지하는 5월 31일 반공법 위반 혐의로 입건되었다가 7월 15일 병원 연금 상태에서 석방된다.

1972년 10월 17일, 박정희는 통일을 위해서라는 핑계를 대고 자신의 대통령 종신제를 보장하는 10월 유신을 선언한다. 그날 오후 7시 박정희는 전국에 비상계엄을 선포했다. 국회를 강제 해산했고 정당과 정치 활동도 금지했다. 언론은 사전 검열을 했으며 대학은 아예 문을 닫아버렸다. 박정희 정권은 10월 유신에 반대하는 사람들을 체포해서 감옥에 가두었다. 당국의 감시 대상이었던 김지하는 검거를 피해 숨어 지내야만 했다. "기관원들이 잡으러 올 게 분명하니 며칠만 숨겨 달라."는 부탁을 하기 위해서 《토지》를 쓴 소설가 박경리의 집에 들른 적도 있었다. 그때의 일을 박경리의 딸 김영주는 이렇게 말한다.

"동료 문인들과 함께 정릉의 우리 집으로 어머니를 만나러 왔어요. 제가 대학원을 졸업했을 때였어요. 그가 〈오적〉을 발표한 시인이라는 건 알았지만 그때는 시를 읽어보진 않았어요. 그다음에 왔을 때는 수배 받고 있으니 숨겨 달라고 했어요. 딸과 단둘이 사는 엄마로서는 거절할 수밖에 없었지요. 그를 보내면서 마음이 아팠어요. 어릴 때 외할머니가 제게 '너는 복이 많아 잘 살 것'이라고 했는데, 내 복의 절반을 저 사람에게 떼어줬으면 했어요. 결혼 생각은 없었는데……, 결국 내가 그를 선택한 것이었어요. 수배가 풀리자 그가 다시 나타났어요. 엄마가 결혼을 허락했어요."

김지하 시인은 1973년 봄 명동성당에서 김수환 추기경의 주례로 결혼식을 올렸다.

1973년 12월 24일 김수환, 함석헌, 장준하, 백기완, 법정, 박두진 등의 각계 민주 인사들은 유신헌법 철폐를 요구하는 '개헌청원운동본부'를 발족하고, 100만인 서명운동을 시작한다고 선포했다. 개헌을 청원한 1차 발기인 명단에 포함되어 있던 김지하는 또다시 쫓겨 다니게 된다.

1974년 4월 3일 대학생들의 시위가 벌어지는 가운데 '전국민주청년학생총연맹(민청학련)' 명의로 유신체제를 거부하는 선언문이 발표된다. 그날 밤 10시, 박정희 대통령은 민청학련 관련자 처벌을 주목적으로 삼은 긴급조치 4호를 선포한다. 이에 따라 민청학련 사건의 주모자들이 지명 수배된다. 전국의 전신주와 담벼락에 수배 전단이 붙고 그들에게는 간첩보다 훨씬 더 많은 현상금이 걸렸다.

민청학련 사건의 주역인 유인태는 4월 14일 밤, 자기 집에서 한 정거장 전 부근에 있는 빵집에서 체포되어 중앙정보부로 끌려간다.

이철은 도피 중에 고등학교 시절 절친했던 친구에게 돈을 얻으러 찾아갔다가 친구 부모가 경찰에 제보하는 바람에 4월 24일 검거됐다.

김지하는 몸을 숨기기 위해 이만희 감독이 흑산도로 영화 〈청녀〉의 야외촬영을 떠날 때 조연출로 따라갔다. 4월 25일 김지하는 배우들과 스태프들이 머물고 있던 여관에서 흑산 경찰서 형사에게 체포당한다. 첫아들이 태어난 지 6일 만이었다.

이날 중앙정보부는 "공산주의자의 배후 조종을 받은 민청학련을 적발하였다."라고 발표했다. 민청학련은 학생들이 유인물에 편의상 붙인 호칭이었는데도, 중앙정보부는 폭력으로 정부 전복을 노린 학생 조직이라고 주장했다.

중앙정보부가 민청학련 사건으로 조사를 한 사람은 1,024명으로, 이 중 740명을 훈방하고 204명을 구속한다. 7월 13일 군법회의는 피고인 중에서 일곱 명에게 사형을, 다른 일곱 명에게 무기징역을 선고한다. 사형선고를 받은 이철, 김지하 등 다섯 명은 무기징역으로 감형된 상태에서 1975년 2월 15일 형집행정지로 석방된다.

감옥에서 나온 김지하는 1975년 2월 26일자 《동아일보》에 옥중수기를 기고한다. 글 중에 인혁당 사건이 고문으로 조작되었다는 내용이 나온다. 중앙정보부는 이를 문제 삼아 김지하를 잡아간다. 인혁당 사건이 조작되었다고 주장하는 북한의 선전에 동조하여 반국가단체를 이롭게 했다는 것이다. 그리고 김지하의 집을 수색하여 회곡 작품을 구상하면서 쪽지에 적어놓은 메모를 압수해갔다. 메모한 내용을 보니 작품의 주제가 공산주의 혁명이 틀림없으므로 반공법 상의 이적표현물 제작 예비죄에 해당한다는 것이다. 3월 17일, 김지하는 풀려난 지 한 달 만에 다시 구속된다.

박정희 정권은 반공법 위반죄로 기소한 김지하를 공산주의자로 몰아붙였다. 중앙정보부는 재판이 열리기 전에 〈나는 공산주의자다〉라는 김지하의 자필 진술서를 대대적으로 유포하고 각국어로 번역하여 전 세계에 '김지하 반공법 위반 사건의 진상'이란 제목으로 배포했다. 이 책자를 본 사람들은 '김지하는 이제 사형을 당하는구나.' 하는 생각을 떨쳐버리지 못하면서 전율할 수밖에 없었다.

김지하는 나중에 양심선언을 통해 자필 진술서를 쓰게 된 경위를 이렇게 해명한다.

"정보부에 끌려가서 나는 처음부터 내가 가톨릭에 침투한 공산주의자임을 시인하라는 강요를 받았다. 5, 6일간 나는 그 틀에 끼어들어 적색 오징어포가 되기를 거부하며 버티었다. 온갖 고문을 버티는 동안 극도의 정신적 시련과 육체적 피로를 겪어야 했고 내 체력은 한계에 도달, 의식마저 혼란한 상태에 빠졌다. 6일째에는 그들이 미리 작성해 가지고 온 소위 자필 진술서 내용을 그들이 부르는 대로 낙서처럼 받아써가지고 내던져버렸던 것이다."

중앙정보부는 김지하가 모진 고문을 못 이겨 저항할 기력을 완전히 포기한 상태에서 쓴 자필 진술서를 전국에 대량으로 반포한다. 박정희 정권이 김지하를 죽이려는 목적으로 자필 진술서를 돌린다고 판단한 변호인들과 민주 인사들은 그를 살리기 위해 〈양심선언〉을 준비한다.

1970~80년대 민주화 운동의 '비밀 병기'라는 재야 운동가 김정남은 민청학련 사건으로 수배 중이었던 《전태일 평전》의 저자 조영래가 쓴 〈양심선언〉의 초안을 교도관을 통해 구치소에 들여보낸다. 몇 차례에 걸쳐 서로의 의견을 덧붙여서 완성한 〈양심선언〉에서 김지하는 "나의 사상과 진실을 명백히 밝히는 것이 역사와 민중에 대한 나의 의무라고 생각한다."라고 집필 동기를 밝혔다. 5월 1일 김지하는 감옥 안에서 〈양심선언〉을 발표하고, 천주교 신부들에게 편지를 보내 당국이 그를 공산주의자로 몰아가는 것을 막아달라고 요청했다.

장 폴 사르트르, 시몬 드 보부아르, 놈 촘스키, 위르겐 하버마스, 오에 겐자부로 등 저명인사들이 지지 서명을 한 〈양심선언〉은 5개 국어로 번역되어 1975년 8월 15일 일본·미국·유럽 세 곳에서 같은 시간에 전 세계 매스컴을 통해 발표되었다. 김지하는 〈양심선언〉으로 세계적인 인물이 되었고, 제3세계의 노벨 문학상으로 불리는 로터스상을 받았다. 김지하에게 상을 수여한 아시아·아프리카 작가회의는 "한 시인으로서, 가톨릭 신도로서 그리고 한 인간으로서 민주주의와 자유와 인간의 존엄을 추구하고 있는 그대의 싸움에 강력한 지지를 표명한다."라는 내용의 서한을 전달해왔다.

　김지하의 〈양심선언〉과 그를 구출하려는 국내외의 구명 운동으로 궁지에 몰린 박정희 정권은 재판을 자꾸 미룰 수밖에 없었다. 재판을 질질 끄는 가운데 김지하의 구속 기간이 끝나자 재판부는 그를 계속 가둬두기 위해 민청학련 사건 때 내려진 형집행정지를 취소해버렸다. 그 때문에 김지하는 다시 무기징역을 살게 되었다.

　김지하가 구속된 다음에 김정남이 강원도 원주 김지하의 집에 가서 방을 정리하다가 미발표 원고였던 〈타는 목마름으로〉를 발견했다. 홍성우 변호사는 1976년 12월 23일 변론의 마지막에 이 시를 낭송한다.

　　　신새벽 뒷골목에

　　　네 이름을 쓴다 민주주의여

　　　내 머리는 너를 잊은 지 오래

　　　내 발길은 너를 잊은 지 너무도 너무도 오래

　　　오직 한 가닥 있어

　　　타는 가슴 속 목마름의 기억이

　　　네 이름을 남몰래 쓴다 민주주의여

　　　아직 동트지 않은 뒷골목의 어딘가

발자국 소리 호르락 소리 문 두드리는 소리

외마디 길고 긴 누군가의 비명 소리

신음 소리 통곡 소리 탄식 소리 그 속에 내 가슴팍 속에

깊이깊이 새겨지는 네 이름 위에

네 이름의 외로운 눈부심 위에

살아오는 삶의 아픔

살아오는 저 푸르른 자유의 추억

되살아오는 끌려가던 벗들의 피 묻은 얼굴

떨리는 손 떨리는 가슴

떨리는 치떨리는 노여움으로 나무판자에

백묵으로 서툰 솜씨로

쓴다

숨죽여 흐느끼며

네 이름을 남몰래 쓴다

타는 목마름으로

타는 목마름으로

민주주의여 만세

★ 김자하, 〈타는 목마름으로〉

유신헌법에서 대통령은 긴급조치를 취할 수 있는 권한을 지닌다. 이 조치를 시행함으로써 당시의 대통령이었던 박정희는 '헌법상의 국민의 자유와 권리를 잠정적으로 정지' 할 수 있는 권한을 가졌다. 긴급조치 1호가 공포된 1974년 1월 8일부터 긴급조치 9호가 해제된 1979년 12월 7일까지 5년 11개월 동안 한국의 민주주의는 길고 어두운 터널에 갇혀 있었다.

1970년대에는 긴급조치 때문에 발생한 어처구니없는 일이 많이 발생했다. 1977년 4월 19일에 몇몇 연세대 학생들이 백지를 그냥 돌렸다. 굳이 언어로 표현하지 않더라도 누구든 이심전심으로 통할 수 있을 만큼 박정희 정권의 광기는 극을 향해 치달았기 때문이다. 그런 상황에서 백지 성명서는 각자 읽고 싶은 대로 읽으면 된다는 의미를 담고 있었다. 그러나 그 학생들은 백지를 돌린 지 채 1분도 안 되어 경찰에 끌려갔다.

경찰에선 그 백지에 뭔가 들었나 싶어 햇빛에 비춰보기도 하고, 불에 태워보기도 했다. 하지만 백지에는 아무것도 보이지 않았다. 죄목은 씌어야겠고, 찾아낸 물증은 없고, 궁지에 몰린 경찰들이 생각해낸 죄명이 참으로 기발하다. 이름 하여 '이심전심 유언비어 유포죄'. 결국 이 해괴망측한 죄에 걸린 네 명 중 김철기는 제적되고 나머지는 정학을 당했다.

1970년대 중반에 쌀 사정이 좋지 않아서 정부에서 분식을 장려

한 적이 있다. 대학 근처에도 싸고 맛있는 분식집이 많이 생겨서 인기였다. 재일교포 유학생이 방학 때 일본으로 돌아가서 친구들에게 그런 이야기를 했다. 그 학생은 개학이 되어 서울로 돌아온 뒤 국가보안법으로 구속되었다. 구속 사유 중에 분식집 이야기를 한 대목이 들어 있었다. 이 발언이 대한민국의 식량 사정에 관한 국가기밀 누설이라며 대법원에서 유죄판결이 났다.

이렇듯 암담한 현실 속에서 김지하는 '타는 목마름'으로 자유와 민주주의를 갈망하는 심정을 노래했다. 유신 체제의 폭압 속에서 민주주의를 회복하고자 하는 열망을 온몸으로 절규함으로써 김지하를 한국 민주화 운동의 상징적 존재로 우뚝 서게 한 이 시를 맨 처음 낭독한 홍성우 변호사는 다음과 같이 변론을 맺었다.

"우리는 위에 읽은 김지하의 짤막한 시 한 편에서 김지하의 진실을 알 수 있습니다. 노래 속에 넘쳐흐르는 김지하의 진실, 즉 민주주의에 대한, 자유에 대한 그의 타는 목마름과 불타는 정열이 이토록 뿌듯한 감동으로 우리의 가슴을 울리는 것입니다. 부디 이 법정의 판결이 김지하 피고인의 이 진실을 극명하게 빛 속에 드러내는 훌륭한 판결이 되기를 바랍니다."

변호인의 변론에 이어진 최후진술에서 김지하는 시인은 가난한 이웃들과 똑같이 고통받고 신음하며 또 그것을 표현하는 사람이라고 말했다. 또한 성탄절을 맞이해서 자신을 박해하고 미워하는 박정희 대통령과 중앙정보부 요원들에게도 가슴과 머리 위에 흰 눈처럼 은총이 폭폭 쏟아지기를 빈다고 진술했다.

1976년 12월 31일 재판에서 무기징역에 덧보태어 징역 7년을 선고받고 복역 중이던 김지하는 1979년 10월 26일 박정희 대통령이 살해되었다는 소식을 듣는다. 그 소식을 들은 직후 그의 마음속에서 처음 떠오른 생각은 무상하다는 것이었다. 저절로 혼잣말이 나왔다. "잘 가시오. 나도 뒤따라가리다."

김지하는 그때 심정을 이렇게 밝혔다.

"내가 아는 기독교인이 그 소리를 듣고 '네가 원수를 용서했다.'라고 하더라고요. 하지만 나는 용서한 적이 없거든. 그럼 뭘까. '때가 되면 당신이나 나나 별수 없이 가야 한다.'라는 허무를 느낀 거예요. 장례식 때 김수환 추기경이 추도사를 하는데 첫마디가 '인생무상'이었어요. 참 신기한 일이라고 생각했죠."

김지하는 1980년 12월 12일에 형집행정지로 6년 동안의 감옥 생활에서 풀려났다. 1982년에 시집 《타는 목마름으로》가 간행되었지만 곧바로 판매 금지를 당한다. 당시에는 김지하의 시집을 가지고 있다가 적발되면 체포와 구금을 피할 수 없었다. 그의 시에 곡을 붙인 〈타는 목마름으로〉도 금지곡이 되어 노래를 부르다가 잡혀가는 일이 종종 있었다. 그 시대에 민주주의라는 이름은 그야말로 외로운 눈부심이었다.

1970년대와 1980년대에 자유와 민주주의를 간절히 염원하던 사람들에게 김지하는 남다른 존재였다. 도쿄경제대학 교수 서경식은 "저 어둡고 험난했던 날에 김지하라는 이름이 얼마나 특별한 것이었는지 상상할 수 있을까?"라고 말했다. 그 시절에 김광석이 불렀던 노래 〈타는 목마름으로〉는 신새벽 뒷골목에 남몰래 쓰던 민주주의에 바치는 절창이었다.

대학로 학전 블루 소극장에 세워진
김광석 노래비.

내가 당신을 그리워하는 것은

까닭이 없는 것이 아닙니다

다른 사람들은 나의 미소만을 사랑하지마는

당신은 나의 눈물도 사랑하는 까닭입니다

● 〈사랑하는 까닭〉 중

님은 갔지마는 **나는 님을**
보내지 아니하였습니다

시인이며 문학평론가였던 송욱은 만해 한용운을 "사상, 행동, 예술,
이 모든 면에서 절세의 천재라고 말할 수밖에 없다. 세계에서 그와
비슷한 인물이 있는 것일까? 간디가 그와 같은가? 간디는 독립투사
였지만 시인은 아니었다. 타고르가 그와 비슷한가? 타고르는 시인이
지만 독립투사는 아니다. 그러면 만해는 간디와 타고르를 합쳐놓은
것과 비슷한 인물인가? 설령 간디와 타고르를 합쳐보아도 《불교대
전》의 저자와 같은 석학이 나오지 않음은 어쩔 수 없는 노릇이다."라
고 격찬했다.

위당 정인보는 "인도에는 간디가 있고 조선에는 만해가 있다."

하였고,《임꺽정》의 저자 홍명희는 "7,000 승려를 합해도 만해 한 사람을 당하지 못한다. 만해 한 사람을 아는 것이 다른 사람 만 명을 아는 것보다 낫다."라고 평하였다.

만해 한용운은 1879년 8월 29일 충청남도 홍성에서 태어났다. 다른 아이들에 비해 키도 작고 몸집도 작았지만 머리가 총명했던 한용운은 다섯 살 때 남들은 몇 달씩 걸려야 뗄 수 있는 천자문을 단 며칠 사이에 줄줄 외웠다. 기억력뿐만 아니라 이해력도 좋아 글의 내용을 깊이 이해하는 동시에 비판할 줄도 알았다.《논어》,《맹자》,《시경》,《서경》,《주역》 같은 책들을 거뜬히 소화해냈고, 아홉 살 때는 어른들도 읽기 어려운《서상기》를 독파해 주위를 놀라게 했다. 한문으로 된 경전 가운데 가장 어렵다는《기삼박주》에도 통달했다. 만해는 눈에 띄는 책을 단숨에 읽고 나서는 주변 사람들에게 나눠 주고는 했다. 머릿속에 다 들어 있어서 자기는 더 이상 필요 없다는 것이었다. 그래서 평생에 걸쳐 책을 많이 지닌 적이 없다.

한용운은 공부 실력만 높아지고 있는 것이 아니었다. 나이를 먹어가면서 힘도 세졌고 담력도 강해졌다. 또래들보다 체구가 작은 편이면서도 기운은 유난하여 무슨 놀이나 싸움에서 진 적이 없었다.

열네 살이 된 한용운은 당시 일찍 혼인하는 풍습에 따라 전정숙과 결혼을 했다. 결혼하고 나서도 글공부를 게을리하지 않았던 그는 오히려 더 열성으로 책 읽기에 전념했다. 공부하는 범위가 점점 넓어지고 있었기 때문이다. 한용운은 한문 공부만 하는 것이 아니었다. 한문 공부를 넘어서서 당시에 밀려들어 오기 시작한 신학문에도 관심이 많아, 그 방면의 책들도 부지런히 구해 읽었다.

1894년 동학농민운동이 일어나자 예전에 충훈부도사라는 벼슬을 지낸, 한용운의 아버지 한응준은 조정의 명을 받고 맏아들 한윤경과 함께 관군이 되었다. 조정은 발등에 떨어진 불을 끄기 위해 다급했고, 한응준은 나라의 명령을 거역할 수 없었다. 열여섯 살 한용운은 임금의 명령에 절대복종할 수밖에 없었던 아버지를 괴로운 마음으로 바라보았다. 아버지가 하는 일은 아버지가 한용운 자신에게 늘 일깨워주었던 의인의 길이 아니었기 때문이다.

1895년 8월 20일에는 일본군들이 경복궁으로 쳐들어가 명성황후를 살해하고 시신을 불태워버렸다. 왜놈들을 몰아내자며 전국적으로 의병이 일어났다. 한응준과 한윤경은 다시 조정의 명령에 따라 의병 진압에 나서야 했다. 그런데 관군과 의병이 쫓고 쫓기는 혼란의 소용돌이 속에서 한응준이 죽고, 그의 맏아들은 행방불명되고 말았다. 한용운은 지난번보다 훨씬 더 심한 번민에 시달리며 신음했다. 그는 혼란한 세상에서 바르게 사는 길을 찾고자 출가를 결심한다. 열여덟에 집을 떠나 여러 사찰을 떠돌아다니며 불경을 읽고 깨달음을 구하던 한용운은 스물넷이 되어 집으로 돌아온다.

1904년 12월 21일 아들이 태어나자 한용운은 '외세로부터 나라를 지키라' 는 뜻에서 '보국' 이라는 이름을 지어주고 불과 3일이 지난 후 두 번째 출가를 한다. 만해는 속리산 법주사와 오대산 월정사에서 불교 공부를 하다가 설악산에 있는 백담사를 찾아 나섰다. 백담사에서 수도 생활을 하던 한용운은 1905년에 정식으로 승려가 되었다.

한용운은 1907년 서양의 과학 발전과 기술 문명을 소개해놓은 청나라 책《영환지략》을 읽고 새로운 세계를 동경하게 된다. 만해는 곧 넓은 세계를 둘러보고, 새롭고 앞선 문물을 살펴보기 위해 세계여행을 떠난다. 한용운은 러시아의 블라디보스토크에 도착해서 항구를 구경하다가 친일 단체인 일진회의 첩자로 오해받는다. 일진회는 일본에 빌붙어 매국 행위를 일삼던 무리였다. 일제가 러일전쟁에서 승리하면서 일진회 회원들은 조선인이 많이 사는 블라디보스토크에도 나타나 갖은 행패를 일삼고 있었다. 그래서 조선인들은 수상한 사람을 보면 일단 일진회 무리로 알고 붙잡아 폭행하거나 죽이기도 하였다. 당시 일진회 회원들은 두발을 일본식으로 하고 다녀서 승려의 모습과 유사했다. 동포들이 만해의 차림새를 보고 일진회 무리로 오인했던 것이다.

모래사장에서 조선 청년 대여섯 명이 한용운을 죽이려고 덤벼들어 격렬한 싸움이 벌어졌다. 싸움을 말리던 중국 사람이 러시아 경찰을 불러와서 한용운은 간신히 죽음의 고비를 넘겼다. 여행을 중

단하고 귀국한 만해는 겨레와 동포와 조국의 소중함이 무엇인지를
곰곰이 생각하게 되었다. 만해 한용운의 다음 시는 조국을 사랑하는
마음이 어떠해야 하는가를 잘 말해주고 있다.

내가 당신을 사랑하는 것은

까닭이 없는 것이 아닙니다

다른 사람들은 나의 홍안만을 사랑하지마는

당신은 나의 백발도 사랑하는 까닭입니다

내가 당신을 그리워하는 것은

까닭이 없는 것이 아닙니다

다른 사람들은 나의 미소만을 사랑하지마는

당신은 나의 눈물도 사랑하는 까닭입니다

내가 당신을 기다리는 것은

까닭이 없는 것이 아닙니다

다른 사람들은 나의 건강을 사랑하지마는

당신은 나의 죽음도 사랑하는 까닭입니다

★ 한용운, 〈사랑하는 까닭〉

나에 대한 당신의 사랑은 '홍안만이 아니라 백발까지 사랑할 수 있는 사랑', '미소만이 아니라 눈물까지도 사랑하는 사랑', '건강만이 아니라 죽음까지도 사랑할 수 있는 사랑'이다. 그것은 다른 사람도 다 사랑할 수 있는 고운 얼굴일 때만이 아니라 고운 얼굴이 아름답지 않은 얼굴이 될 때까지도 사랑할 수 있어야 한다는 것이다. 다른 사람도 다 그리워할 수 있는 고운 미소를 가졌을 때만이 아니라 눈물을 흘리며 괴로워할 때도 사랑할 수 있어야 한다는 것이다. 다른 사람도 다 사랑할 수 있는 건강한 모습뿐만 아니라 병들어 신음하는 모습까지도 사랑할 수 있어야 한다는 것이다.

1909년 7월 30일 금강산에 있는 표훈사 강원의 강사로 취임한 한용운은 불교 개혁과 불교 대중화에 앞장선다. 그는 불교 개혁의 한 방법으로 승려의 결혼 금지 계율을 없애 결혼을 허용해야 한다는 주장을 내놓았다. 승려들의 거부반응이 너무 거세어 아무 성과도 얻지 못했지만 이 일로 '만해 한용운'은 불교계뿐만 아니라 세상 사람들에게도 유명 인사가 되었다.

1911년 가을, 만해 한용운은 삿갓에 바랑을 지고 지팡이를 벗 삼아 만주로 떠났다. 만주에는 많은 애국지사가 망명해 독립 투쟁을 벌이고 있었다. 한용운은 독립운동가들을 만나 독립 투쟁의 방향과 방법을 논의했다. 또한 여러 독립군 학교와 조선인 마을을 돌며 독립 투쟁에 나설 것을 결의하는 강연을 했다.

한용운이 어느 날 만주의 조선인 마을에서 자고 오는데 조선 청년 두세 명이 바래다준다며 따라나섰다. 산속으로 이어진 길을 따라 걷다가 '굴라재'라는 고개를 넘는데, 나무가 울창하게 우거져 대낮에도 하늘이 보이지 않았다. 고갯마루에 올라서자 해는 흐려지고 숲 속은 별안간 캄캄하여졌다. 그때 뒤에서 따라오던 청년 한 명이 총을 쏘았다. '땅' 소리가 나자 귓가가 선뜻하였다. 두 번째 '땅' 소리를 듣는 순간 한용운은 머리가 깨지는 것 같은 충격과 아픔을 느꼈다. 한용운은 청년들을 돌아보며 소리치려 했지만 목소리가 나오지 않았다. 그는 피를 흘리며 몸을 가누지 못하고 쓰러졌다. 온몸에서 힘이 다 빠져나가면서 정신이 가물가물해지고 있었다. 문득 극심한 아픔이 사라지면서 지극히 편안해지는 느낌이 들었다. 그 순간 한용운은 '이게 죽는 것이로구나.' 하고 생각했다.

그런데 그때 캄캄한 어둠 저편에서 눈부신 빛이 환하게 퍼지더니 아름다운 여인이 나타났다. 여인은 손에 한 송이 꽃을 들고 한용운에게 정답고 달콤한 미소를 보냈다. 환상 속의 그 여인은 바로 관세음보살이었다. 관세음보살은 그에게 꽃을 던지며 "네 생명이 위태로운데 어찌 이러고 있느냐." 하였다. 한용운은 그 소리에 정신이 번쩍 들었다. 그가 정신을 차려 눈을 떠보니 청년 한 명이 돌을 움직거리고 있었다. 한용운을 일진회 회원으로 오인하여 그의 목숨을 아예 끊어놓으려는 것이었다. 그는 피가 흘러내리는 뒷덜미를 한 손으로

움켜쥔 채 왔던 길로 되돌아서 걷기 시작했다. 한참을 가다가 산을 넘어서니 중국 사람들의 마을이 있었다. 피투성이가 된 한용운이 들어선 곳은 동장의 집이었다. 마침 계를 하느라고 모여 있었던 여러 사람이 응급처치를 거들었다. 한용운에게 총을 쏜 청년들은 거기까지 쫓아왔다. 한용운은 그들을 보고 "총을 쏠 테면 다시 쏴라!"라고 호통을 쳤다. 그 기세에 눌려 청년들은 그대로 달아나버렸다.

한용운은 조선 사람들이 사는 마을로 옮겨졌다. 의사는 마취한 다음에 수술을 시작하려고 했지만 한용운은 의사에게 그냥 수술하라고 말했다. 뒷덜미에 박힌 총알을 꺼내는 수술이었다. 총알에 뼈가 모두 으스러져서 살을 찢어내고 으스러진 뼈를 주워내고 긁어내고 하는데 뼈 긁는 소리가 바각바각 하였다. 그러나 뼛속에 박힌 탄환은 꺼내지 못한 것이 몇 개 있었다. 한용운은 수술이 끝날 때까지 신음 한번 내지 않고 통증을 참아냈다. 만해는 수술을 받은 다음 50여 일 동안 치료를 받아야 했다.

치료를 마치고 귀국한 한용운은 1913년에 양산 통도사로 향했다. 통도사에는 가야산 해인사의 《팔만대장경》 목판본을 찍어낸 영인본이 있었다. 그곳에서 한용운은 한문 불경을 일반 대중들이 쉽게 읽을 수 있도록 선별하고 번역해서 출판하려는 계획을 세운다. 《팔만대장경》은 모두 1,511부 6,802권으로, 보통 승려로서는 평생에 한 번 읽기도 어려운 분량이었다. 만해는 불경들을 다 읽어나가면서 아홉 개 장으로 분류하고 재구성했다. 1914년 4월 30일, 마침내 8백 쪽을 헤아리는《불교대전》이 발간되었다.

1918년 미국의 윌슨 대통령이 내세운 민족 자결주의는 조선의 독립운동가들에게 큰 희망을 품게 했다. 1919년 1월 27일 한용운은 천도교 인사 최린을 찾아가 국제사회의 변화를 독립의 기회로 활용할 방안을 의논한다. 한용운은 천도교, 기독교, 불교계의 인물들을 만나서 〈독립선언서〉에 서명하고 참여할 33인의 민족 대표를 규합했다. 만해는 최남선이 쓴 〈독립선언서〉가 너무 어려워서 다시 쓰려고 했지만 시간이 촉박하여 공약 3장을 덧붙이는 데 그치고 말았다.

1919년 3월 1일 오후 두 시, 민족 대표들이 종로 태화관에 모여들었다. 한용운은 독립을 선언하는 연설을 마치고 대한독립만세 삼창을 선창했다. 훗날 잡지《별건곤》기자가 "일생에서 가장 기억에 남는 기쁜 일이 무엇이냐?"라고 묻자, 만해는 거침없이 "3·1운동 때 태화관에서 연설하고 만세 삼창을 한 일이다."라고 응답했다. 만해 한용운은 민족 대표 중의 대표로서 3·1운동을 이끈 중심이었고 주역이었다.

태화관에 들이닥친 일본 경찰은 민족 대표들을 마포 경찰서로 끌고 갔다. 일본 경찰의 혹독한 고문에도 한용운은 비명 한 번 지르지 않았다. 경찰 조사가 끝나자 민족 대표들은 서대문 형무소에 수감되었다. 법정에서 의연하고 당당하게 독립운동의 의지를 밝힌 한용운은 1919년 7월 10일에 〈조선독립이유서〉를 썼다.

"자유는 만유의 생명이요 평화는 인생의 행복이다. 그러므로 자유가 없는 사람은 시체와 같고 평화를 잃은 자는 가장 큰 고통을 겪는 사람이다. 자유를 얻기 위해서는 생명을 터럭처럼 여기고 평화를 지키기 위해서는 희생을 달게 받는 것이다. 실로 자유와 평화는 전 인류의 요구라 할 것이다."

3·1운동의 주모자로 지목되어 최고형인 3년형을 선고받은 한용운은 1921년 12월 22일 형기를 다 마치고 출감했다. 만해는 설악산 신흥사에 머물며 지친 몸과 마음을 달랬다.

1925년 백담사로 들어간 한용운은 한여름 무더위를 무릅쓰며 한 편 한 편 시들을 쓰고 다듬었다. 한용운은 8월 29일 《님의 침묵》을 탈고했으며, 이듬해인 1926년 5월 20일 시집을 발간하였다. 시인 주요한은 《동아일보》에서 이 시집의 표제 시 〈님의 침묵〉에 대해 "저자의 운율적 기교 표현은 지금까지 우리가 아는 조선어의 운율적 효과를 가장 잘 나타낸 최고 작품"이라고 평했다.

님은 갔습니다. 아아, 사랑하는 나의 님은 갔습니다.

푸른 산빛을 깨치고 단풍나무 숲을 향하여 난 작은 길을 걸어서, 차마 떨치고 갔습니다.

황금의 꽃같이 굳고 빛나던 옛 맹세는 차디찬 티끌이 되어서 한숨의 미풍에 날아갔습니다.

날카로운 첫 키스의 추억은 나의 운명의 지침을 돌려놓고, 뒷걸음쳐서 사라졌습니다.

나는 향기로운 님의 말소리에 귀먹고, 꽃다운 님의 얼굴에 눈멀었습니다.

사랑도 사람의 일이라, 만날 때에 미리 떠날 것을 염려하고 경계하지 아니한 것은 아니지만, 이별은 뜻밖의 일이 되고, 놀란 가슴은 새로운 슬픔에 터집니다.

그러나 이별을 쓸데없는 눈물의 원천을 만들고 마는 것은 스스로 사랑을 깨치는 것인 줄 아는 까닭에, 걷잡을 수 없는 슬픔의 힘을 옮겨서 새 희망의 정수박이에 들어부었습니다.

우리는 만날 때에 떠날 것을 염려하는 것과 같이, 떠날 때에 다시 만날 것을 믿습니다.

아아, 님은 갔지마는 나는 님을 보내지 아니하였습니다.

제 곡조를 못 이기는 사랑의 노래는 님의 침묵을 휩싸고 돕니다.

★ 한용운, 〈님의 침묵〉

문학평론가 권정우는 《우리 시를 읽는 즐거움》에서 〈님의 침묵〉을 다음과 같이 해석하고 있다.

"한용운은 〈님의 침묵〉에서 화자가 경험한 상실을 '푸른 산빛을 깨치고 단풍나무 숲을 향하여 난 작은 길을 걸어서 차마 떨치고 갔다' 라고 형상화하였다. 시인은 화자가 님을 잃은 것을 계절의 변화에 비유한다. 상실의 원인이 시간의 변화라는 점에서 이런 형상화 방법은 상실을 표현하기에 적합하다. 님이 떠나는 것이 서정적 자아의 입장에서는 푸른빛을 띠던 산천이 붉은빛으로 갑자기 바뀐 것만큼이나 놀라운 변화로 받아들여진다는 사실을 시인은 이렇게 표현한 것이다.

자연의 변화는 자연스러운 현상이며 매년 반복되어 나타나기 때문에 모든 사람이 예상할 수 있으나 막상 변화가 일어나면 뜻밖인 것처럼 여겨진다. …… 서정적 자아가 경험한 상실도 운명적인 것이기 때문에 예상했던 일이라도 막상 현실이 되면 뜻밖의 일로 여겨진다. 자연의 변화는 인간의 힘으로는 돌릴 수 없듯이 서정적 자아가 경험한 상실도 인간의 힘으로는 막을 수 없는 숙명적인 사건이었다는 점에서 둘은 유사하다.

그런데 화자가 상실을 자연현상에 비유한 것은 상실을 극복할 수 있는 계기가 상실 자체에 내재하여 있음을 암시한다. 자연은 순환하는 시간의 질서에 따른다. 붉게 물이 든 단풍나무 숲은 시간이 지나 다음 해 여름이 되면 다시 푸른 잎으로 무성해진다. 이와 마찬가지로 화자가 경험한 상실도 시간이 지나면 다시 원래의 모습으로 돌아갈 것이다.

상실을 자연현상에 비유함으로써 얻는 또 다른 효과는 상실이 지니는 부정적 이미지를 바꾸어 놓을 수 있다는 데 있다. 시인은 상실(이별)을 여름에서 가을로 넘어가는 시점에서의 자연의 변화에 비유함으로써 푸른빛이던 상실 이전이나 붉은빛을 띠는 상실의 상태마저도 아름다운 것으로 표현하였다. 김소월이 〈진달래꽃〉에서 아름다운 이별을 노래했듯이 한용운은 이 시에서 아름다운 상실을 노래한다." •

〈님의 침묵〉에서 '님은 갔지마는 나는 님을 보내지 아니하였습니다'라는 역설적 표현은 님은 떠났지만 나는 님을 보내지 않았기 때문에, 님이 가고 없는 것이 아니라 다만 침묵하고 있을 뿐임을 말해준다. 님이 떠났는데도 화자는 님이 떠난 것을 인정하지 않으며 상실감도 느끼지 않는다. 님이 떠났다는 사실은 화자에게 슬픔을 가져다주는 것이 아니라 오히려 님에 대한 자신의 운명적인 사랑과 님의 소중함을 확인시키는 계기가 되었을 뿐이다.

1931년 6월 한용운은 불교 대중화와 민중 계몽을 목적으로 잡지 《불교》를 인수했다. 전에도 여러 차례 《불교》에 글을 썼던 만해는 사장이 되어 본격적으로 잡지 발행에 나섰다. 만해 한용운이 온갖 열정을 쏟았던 《불교》는 1933년 운영난으로 휴간하게 된다. 당시 한용

• 권정우, 《우리 시를 읽는 즐거움》, 북갤럽, 2002.

운의 나이는 어느덧 쉰다섯이었다.

그해 한용운은 서른여섯 살의 간호사인 유숙원과 재혼을 한다. 만해가 단칸방에서 궁색하게 신혼 생활하는 모습을 지켜본 지인들이 성북동에 거처를 마련해주려고 하였다. 이 소식을 들은 벽산 스님은 집을 지으려고 사두었던 땅을 선뜻 내주었다.

거기에 《조선일보》 사장 방응모, 홍순필, 박광 등이 돈을 모으고, 모자라는 것은 금융조합에서 빌려서 집을 짓게 되었다. 여름에는 시원하고 겨울에는 햇볕이 잘 드는 남향으로 집터를 잡고 공사가 시작되었다. 뒤늦게 이를 알게 된 한용운은 남향이면 돌집(조선총독부 건물)을 바라보게 되니 북향하는 집으로 고치라고 하였다.

집의 이름은 '소를 찾는다' 는 뜻으로 심우장이라 지었다. 소는 불교에서 마음을 비유한 것이므로 마음자리를 바로 찾아 큰 도를 깨치기 위해 공부하는 집이라는 의미다.

재혼 이듬해인 1934년 9월 1일 딸이 태어났다. 영숙이라고 이름을 지었지만 창씨개명을 하지 않아서 호적에 올릴 수가 없었다. 조선을 빼앗은 일제는 처음에는 민적, 그 후에는 호적법을 만들어 실시했다. 한용운은 "나는 조선 사람이다. 왜놈이 통치하는 호적에 내 이름을 올릴 수 없다." 라고 말하며 끝까지 호적에 이름을 기록하는 것을 거부했다. 호적이 없으면 양식 배급에서 제외됐다.

아버지가 호적이 없으니 자식 또한 호적이 없는 것은 당연한 일이었다. 외동딸 영숙이는 취학 통지서가 나오지 않아서 학교에 다닐 수가 없었다. 한용운은 집에서 딸에게 손수 한글과 한문을 가르쳤다. 한영숙은 아버지를 닮아 아주 영리했다. 다섯 살 때 이미 《소학》을 읽었고 한글도 금세 깨우쳤다. 하루는 영숙이가 신문에 섞여 있는 일본 글자를 보고, "아버지, 이건 뭐예요?" 하고 물었다. 이에 한용운은 "음, 그건 몰라도 되는 거야, 그건 글자가 아니야." 하고 대답했다.

3·1운동 이후 총독부는 이른바 '문화정치'를 내세우면서 민족 지도자들을 줄기차게 회유해왔다. 일제의 간교한 술수에 말려들어 친일파로 변신한 유명 인사가 소설가 춘원 이광수였고, 시인이며 사학자인 육당 최남선이었다. 이광수는 도쿄 〈2·8 독립선언서〉를 작성한 사람이었고, 최남선은 〈기미독립선언문〉을 쓴 사람이었다. 기미독립선언에 나섰던 민족 대표들도 한 사람, 한 사람 회유당해 이제 유일하게 남은 사람이 바로 만해 한용운이었다.

최남선은 1급 친일파로 변절하여 중추원 참의를 지냈으며 관동군이 만주에 세운 건국대학에서 교편을 잡았다. 어느 날, 최남선이 길에서 한용운을 만났다. 한용운은 그를 보고도 못 본 체하고 빨리 걸어갔으나 최남선이 따라와 앞을 막아서며 먼저 인사를 청했다. "만해 선생, 오래간만입니다." 그러자 만해는 단호한 어조로 "내가 아는 최남선은 벌써 죽었소." 하고는 뒤도 돌아보지 않고 가버렸다.

1937년 3월에는 만주에서 체포되어 서대문형무소에 수감 중이었던 김동삼이 옥사하였다. 일송 김동삼은 가곡 〈선구자〉의 주인공으로, 만주 항일무장투쟁을 이끌어 '만주의 호랑이'라 불렸던 인물이다. 유해를 찾아가라는 신문 보도가 있었으나 총독부의 눈이 무서워 누구도 나서려 하지 않았다. 한용운은 서대문 형무소로 달려가 김동삼의 시신을 업고 심우장까지 걸어와 오일장을 치렀다. 한용운은 미아리 화장터에서 거행된 영결식에서 관을 껴안고 통곡했다. 사람들은 만해가 우는 모습을 그때 처음 보았다.

1937년에 중일전쟁이 시작되면서 일제의 통치는 점차 광기를 더해갔다. 1938년 4월 총독부는 각 학교에 조선어 교육을 폐지하라고 지시했다. 일제는 사람들이 조선어로 말하거나 한글을 쓰면 탄압을 하였다. 1940년 2월에는 창씨개명 조치가 내려졌다. 창씨개명을 하지 않은 사람의 자녀는 학교에 입학할 수 없었고, 학교에 다니던 학생들은 퇴학을 당하거나 교사에게 학대를 받았다.

벽초 홍명희가 한용운을 방문하여 격분한 어조로, "이런 변이 있소! 최린, 윤치호, 이광수, 최남선 등이 창씨개명을 했습니다. 이 개자식들 때문에 민족에 악영향이 클 것이니 청년들을 어떻게 지도한단 말이오!" 하고 통분했다. 이 말을 듣고 난 한용운은 크게 실소하고는, "벽초, 그 무슨 실언이시오? 만일 개가 이 자리에 있어 말을 한다면 당신에게 크게 항의할 것이오. '나는 주인을 알고 충성하는 동물인데 어찌 주인을 모르고 저버리는 인간들에 비하느냐?' 하고 말이오. 그러니 개보다 못한 인간을 개자식이라고 하면 도리어 개를 모욕하는 것이 되오."라고 말하였다.

만해 한용운의 법명 '용운'은 용 '용龍' 자에 구름 '운雲' 자이다. 1907년 건봉사의 정만화 스님이 내린 이 법명의 의미는 무엇일까? 용은 승천하여 구름을 타고 다닌다. 하늘에 사는 용은 높고 높음, 최고, 으뜸을 뜻한다. '용운'이라는 이름에는 큰 승려가 될 수 있는 자질을 갖추었다는 의미와 함께 반드시 큰 승려가 되라는 기대가 담겨 있다. 우리나라 근대사의 큰스님 만해 한용운은 예순여섯 되던 해인 1944년 6월 19일 입적하였다.

❝ 우리는 만날 때에 떠날 것을 염려하는 것과 같이, 떠날 때에 다시 만날 것을 믿습니다.

아아, 님은 갔지마는 나는 님을 보내지 아니하였습니다.

제 곡조를 못 이기는 사랑의 노래는 님의 침묵을 휩싸고 돕니다. **❞**

1 시인의 사랑

김영한, 《내 사랑 백석》, 문학동네, 2011.

신경림, 《신경림의 시인을 찾아서 1》, 우리교육, 2010.

우대식, 《선생님과 함께 읽는 백석》, 실천문학사, 2009.

한하운, 《나의 슬픈 반생기》, 문학예술, 1993.

유종화, 《시 마을로 가는 징검다리》, 내일을 여는 책, 1996.

고은, 〈나의 문학은 폐허로부터 시작했다〉, 한국일보 편, 《나는 왜 문학을 하는가》, 열화당, 2004.

정민, 《정민 선생님이 들려주는 한시 이야기》, 보림, 2002.

유몽인, 《어우야담》, 돌베개, 2006.

이은직, 정홍준 옮김, 《중고생을 위한 한국사 명인전 2》, 일빛, 1997.

둥근아이, 《우리 문학 최고의 여류시인 황진이》, 홍진P&M, 2006.

송재소, 《한국 한시 작가 열전》, 한길사, 2011.

2 시인의 삶

신경림, 《신경림의 시인을 찾아서 1》, 우리교육, 2010.

신경림, 《못난 놈들은 서로 얼굴만 봐도 흥겹다》, 문학의문학, 2009.

신경림, 〈세상에서 가장 아름다운 사랑〉, 신경림 외, 《평생 잊지 못할 한 구절》, 예담, 2006.

유인경, 〈우리 인생은 소풍인데, 뭘 그리 욕심내고 살아요〉, 《경향신문》, 2009년 5월 28일.

신봉승, 《청사초롱 불 밝히고》, 선, 2009.

유종화, 《시 마을로 가는 징검다리》, 내일을 여는 책, 2003.

오철수, 《시가 사는 마을》, 은의나라금의나라, 1993.

홍성식, 〈기인(奇人), 괴인(怪人) 한국문단 술꾼들〉, 오마이뉴스, 2000년 2월 18일.

노재현, 〈신경림의 국어 성적〉, 《중앙일보》, 2004년 5월 25일.

박해현, 〈문학을 죽이는 국어교육〉, 《조선일보》, 2010년 5월 24일.

김영현, 〈[푸르메이야기] 가난한 종지기 동화 작가〉, 푸르메재단, 2005년 3월 16일.

도종환, 〈권정생 선생의 다섯 평 흙집〉, 《경향신문》, 2007년 5월 31일.

김중기, 〈자신의 슬픈 삶 주옥같은 동화로 승화시켜〉, 《매일신문》, 2007년 6월 12일.

김일광, 《윤선도》, 파랑새어린이, 2007.

이은직, 정홍준 옮김, 《중고생을 위한 한국사 명인전 2》, 일빛, 1997.

김원자, 〈고산 윤선도 – 출사와 은둔, 그리고 유배지에서 이룬 85년 생애〉, 《해남신문》, 2012년
　　　 4월 16일.

송재소, 《한국 한시 작가 열전》, 한길사, 2011.

하성봉, 〈다시 보는 한중 문화 교류 – 허난설헌〉, 《한겨레》, 2001년 7월 1일.

김성남, 〈김성남 교수가 보는 난설헌 작품〉, 《한겨레》, 2001년 7월 1일.

원선영, 〈허난설헌, 한류의 시초 – 중국에서 화려하게 부활〉, 《강원일보》, 2010년 12월 10일.

이덕일, 《정약용과 그의 형제들 1, 2》, 김영사, 2004.

양태석, 《백성이 잘사는 나라를 꿈꾼 실학자 정약용》, 해와나무, 2006.

박석무, 《정약용》, 웅진씽크하우스, 2007.

정민, 《삶을 바꾼 만남》, 문학동네, 2011.

최원형, 〈도올, "정약용은 세계 최고수준 수학자"〉, 《한겨레》, 2012년 4월 8일.

3 시인의 신념

도종환, 《꽃은 젖어도 향기는 젖지 않는다》, 한겨레출판, 2011.

임종헌, 〈도종환 선생의 공판정에 울려 퍼진 교원노조가〉, 《참교육 일기》, 참세상, 1991.

정지연, 〈생애 첫 장편 동화 펴낸 '접시꽃 당신'의 도종환 시인〉, 《여성동아》, 2002년 8월 6일.

김한룡, 《최영·정몽주》, 대일출판사, 2001.

이은직, 정홍준 옮김, 《중고생을 위한 한국사 명인전 2》, 일빛, 1997.

정민, 《정민 선생님이 들려주는 한시 이야기》, 보림, 2002.

김종열, 〈17년째 이어진 일본인들의 윤동주 사랑〉, 《부산일보》, 2011년 2월 15일.

임세정, 〈20여 년간 윤동주 시인 연구 일본인 학자 야나기하라 씨 "윤동주 사상의 보편성 많은 사
　　　람들에 깊은 감명"〉, 《국민일보》, 2010년 10월 6일.

김혁, 〈[민족네트워크] 시와 노래와 조국을 사랑했던 청년 '영국더기' 아래 윤동주의 집〉, 민족21,
　　　2011년 3월 1일.

조종안, 〈저항시인 윤동주의 삶과 시(詩)의 세계〉, 오마이뉴스, 2010년 9월 20일.

김용찬, 《시로 읽는 세상》, 이슈투데이, 2002.

송우혜, 《윤동주 평전》, 푸른역사, 2004.

권정우, 《우리 시를 읽는 즐거움》, 북갤럽, 2002.

야나기하라 야스코, 〈시인 윤동주 최후의 사진〉, 《월간 현대문학》, 2006년 9월 호.

강준만, 《한국 현대사 산책: 1970년대 편 1》, 인물과사상사, 2002.

홍성우, 《인권변론 한 시대》, 경인문화사, 2011.

한승헌, 《한승헌 변호사의 유머기행》, 범우사, 2007.

조성식, 〈시인 김지하, 시대를 논하다〉, 《신동아》, 2007년 3월 호.

신경림, 《신경림의 시인을 찾아서 1》, 우리교육, 2010.

조정래, 《한용운》, 문학동네어린이, 2007.

김삼웅, 《만해 한용운 평전》, 시대의창, 2011.

시인의
가슴을
물들인
만남

ⓒ 고광석, 2013

초판 1쇄 2013년 3월 15일 펴냄
초판 5쇄 2016년 12월 16일 펴냄

지은이 | 고광석
펴낸이 | 이태준
기획 · 편집 | 박상문, 박효주, 김예진, 김환표
디자인 | 최진영, 최원영
마케팅 | 박상철
인쇄 · 제본 | 대정인쇄공사

펴낸곳 | 북카라반
출판등록 | 제17-332호 2002년 10월 18일
주소 | (121-839) 서울시 마포구 서교동 392-4 삼양E&R빌딩 2층
전화 | 02-486-0385
팩스 | 02-474-1413
www.inmul.co.kr | cntbooks@gmail.com

ISBN 978-89-91945-49-4 03810

값 13,000원